CARRÉS CLASSIQUES

Collection COLLÈGE dirigée par
Cécile de Cazanove
Agrégée de Lettres modernes

4 nouvelles réalistes sur l'argent

XIXe siècle

Édition présentée par
Monique Busdongo
et Véronique Joubert-Fouillade
Agrégées de Lettres modernes

Nathan

Sommaire

Avant la lecture

Lire Quatre nouvelles réalistes sur l'argent

ISBN : 978-2-09-187603-0

Après la lecture

Autre lecture

Dossier central images en couleurs

Avant la lecture

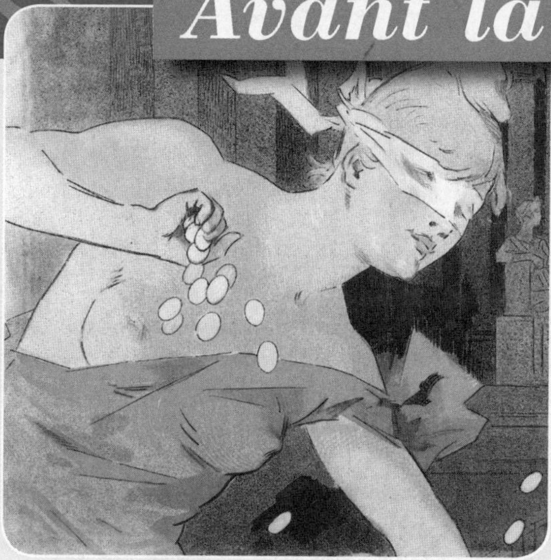

Qui êtes-vous, Prosper Mérimée ?

Quels ont été vos premiers centres d'intérêt ?

Né en 1803 à Paris, je grandis au sein d'une famille bourgeoise et vis une enfance solitaire, sauvée de l'ennui par de passionnantes lectures : je collectionne les biographies de bandits et de flibustiers célèbres. À dix-huit ans, je me passionne pour le théâtre, les arts, mais aussi l'Histoire et les langues.

Comment avez-vous trouvé votre voie ?

En 1829, je publie mes premières nouvelles, dont *Mateo Falcone*, et, un an plus tard, *La Partie de trictrac*. Le succès est immédiat et m'ouvre les portes des salons littéraires. À partir de 1834, j'occupe le poste d'inspecteur général des Monuments historiques, qui me permet de voyager. Désormais, je sillonnerai inlassablement les routes, rapportant de mes voyages le décor ou la matière de mes récits : *La Vénus d'Ille* (1837), *Colomba* (1840) ou *Carmen* (1845). Je deviens maître dans l'art de la nouvelle, ce qui me vaut l'honneur d'être élu académicien en 1844.

« Je deviens maître dans l'art de la nouvelle. »

Quelles sont vos relations avec le pouvoir politique ?

En 1852, Louis Napoléon fonde le second Empire après un coup d'État que je soutiens. Je deviens un familier du couple impérial et je suis nommé sénateur en 1853.

Malgré mes fonctions officielles et mes travaux d'historien, je n'abandonne pas la littérature : je traduis des auteurs russes, comme Pouchkine ou Gogol.

Ma santé se dégrade en 1869. L'effondrement du second Empire, le 4 septembre 1870, m'accable définitivement. ■

Prosper Mérimée meurt le 23 septembre 1870.

Qui êtes-vous, Alfred de Musset ?

Comment êtes-vous devenu écrivain ?

Je suis né à Paris en 1810, au sein d'une famille cultivée : mon père écrit et mon grand-père est un merveilleux conteur. Auteur précoce, à vingt ans, j'ai déjà publié une pièce de théâtre et un recueil de poésies d'inspiration romantique. Je fréquente les cercles littéraires mais aussi les mauvais lieux de Paris.
Très vite, je prends mes distances avec les romantiques : je suis avant tout un esprit libre.

Votre inspiration a-t-elle évolué ?

Sous des apparences frivoles, je cache un tempérament angoissé et sensible. La représentation de ma pièce, *La Nuit vénitienne*, est un échec qui m'affecte terriblement.
Entre 1833 et 1835, je vis avec la romancière George Sand une passion mouvementée.
Souffrances et désillusions alimentent mes œuvres théâtrales (*On ne badine pas avec l'amour*, *Lorenzaccio* en 1834), poétiques (*Les Nuits* en 1835-1837) et narratives (*La Confession d'un enfant du siècle* en 1836).

« Je suis avant tout un esprit libre. »

Racontez-nous vos dernières années.

À trente ans, je suis déjà usé. Je m'étourdis dans l'ivresse et les amours éphémères... La fantaisie et le talent éclairent pourtant mes dernières publications, notamment des nouvelles qui paraissent dans des revues (*Mimi Pinson* en 1845).
Je suis élu à l'Académie française en 1852, mais cette récompense officielle n'allège pas le poids de la maladie ni de la solitude. ■

Musset meurt en 1857, dans l'indifférence générale.

Qui êtes-vous, Villiers de L'Isle-Adam ?

En quoi êtes-vous marqué par votre origine sociale ?

Je m'appelle Jean Marie Mathias Philippe Auguste de Villiers de L'Isle-Adam et suis né en 1838 à Saint-Brieuc dans une famille aristocratique mais ruinée par mon père. J'hériterai de son caractère rêveur et fantasque. Après une enfance solitaire en Bretagne, je m'installe à Paris où je rencontre en 1860 Charles Baudelaire, mon maître en poésie.

« Je dénonce le règne de l'argent. »

J'ai de grandes ambitions, littéraires et politiques : je revendiquerai même en 1863 le trône de Grèce !

Quels sont vos thèmes favoris ?

En 1862, j'écris mon premier roman, *Isis*, qui ne plaît guère. Mes drames ne sont pas représentés : d'où vient cet insuccès ? Je provoque, dénonce le règne de l'argent et le triomphe de la médiocrité. Mes ressources sont précaires.

À quel courant littéraire appartenez-vous ?

Me voici enfin reconnu ! Mes *Contes cruels* (1883) sont un succès ; les textes courts servent mon ironie et ma vision de la société, tout en laissant une large place à l'idéalisme : après *L'Amour suprême* viendront les *Histoires insolites* et *Tribulat Bonhomet*.

En 1886 paraît mon roman d'anticipation *L'Ève future*, dans lequel la science a une place privilégiée : les inventions de la technique me passionnent et m'effraient. Je suis fasciné par la modernité et par les possibilités qu'offre désormais la science.

Je n'aime pas les étiquettes, mais on dit parfois de moi que je suis le trait d'union entre le romantisme et le symbolisme. ■

Villiers de L'Isle-Adam meurt le 18 août 1889, dans la misère.

Qui êtes-vous, Guy de Maupassant ?

Quelles sont vos sources d'inspiration ?

Je suis né en 1850 près de Dieppe ; enfant heureux, je parcours la campagne normande. En 1870, j'assiste à la débâcle française devant l'armée prussienne. Les paysans rencontrés dans mon enfance et les souvenirs de guerre seront pour moi une source continuelle d'inspiration.

En 1871, je deviens commis dans un ministère, mais je préfère canoter, fréquenter les guinguettes et surtout écrire. Flaubert, un ami de ma mère, me donne des conseils et corrige mes premiers essais.

Expliquez-nous votre succès.

En 1880, je publie *Boule de suif*. Le succès est immédiat ; ma vocation de conteur est née. En onze années, j'écris environ trois cents nouvelles : *La Maison Tellier, Les Contes de la bécasse...*

« En onze années, j'écris environ trois cents nouvelles. »

Mon secret ? Un sens aigu de l'observation. Mon ironie est cruelle, mais je suis capable de pitié et de tendresse aussi. Mes romans rencontrent également le succès : *Une vie*, *Bel-Ami*.

Je mène désormais une vie brillante, mes conquêtes féminines sont nombreuses. Je serais heureux sans mes ennuis de santé.

Comment se déroulent vos dernières années ?

De violentes migraines me font atrocement souffrir, aggravées au fil des années par des attaques nerveuses et des crises de mélancolie. Je suis hanté par une présence mystérieuse et hostile, un double que je mets en scène dans *Le Horla* en 1887. La folie me guette. ■

Guy de Maupassant est mort en 1893 après plusieurs mois d'internement.

La France au XIXe siècle

◆ Les espoirs et les désillusions du romantisme

Le XIXe siècle est une période d'instabilité politique, de changements et de contradictions dont les écrivains se font l'écho.

Avec la chute du premier Empire en 1815, l'idéal de grandeur porté par les conquêtes napoléoniennes s'effondre ; la jeunesse, déçue, est frappée de mélancolie. Le retour de la monarchie augmente le malaise : la nouvelle génération étouffe et se révolte. Dans ses rangs se recrutent les auteurs romantiques qui réclament la liberté artistique. Ils livrent bataille le 25 février 1830, autour de leur chef de file, Victor Hugo, lors de la première représentation de son drame *Hernani*. Le scandale est immense, mais leur idéal artistique (valorisation des sentiments personnels et de l'imagination) s'impose contre les règles classiques.

> *« La nouvelle génération étouffe et se révolte. »*

Les révolutions successives de 1830 et 1848 font naître l'espoir, vite déçu, de valeurs nouvelles : sous Louis-Philippe, l'organisation du pouvoir consolide les positions de la bourgeoisie ; en 1848, elle devient la classe dirigeante d'un pays où d'énormes fortunes se bâtissent grâce à l'essor

1803	Naissance de Mérimée
1810	Naissance de Musset
1815	Chute du premier Empire. Restauration : Louis XVIII puis Charles X
1830	Mérimée, *La Partie de trictrac*
1830	Révolution de Juillet. Règne de Louis-Philippe. Bataille d'*Hernani*. Stendhal, *Le Rouge et le Noir*
1835	Balzac, *Le Père Goriot*
1838	Naissance de Villiers
1845	Musset, *Mimi Pinson*

industriel et bancaire. Sous le second Empire, l'argent est devenu le ressort d'une société qui semble oublier toute ambition spirituelle et artistique.

◆ Le réalisme et la peinture de l'esprit bourgeois

L'esprit du temps fait donc peu de place à l'artiste. Certains, tel Musset, se réfugient dans le lyrisme personnel et la nostalgie des valeurs aristocratiques.

D'autres veulent être les témoins lucides de leur époque. Dès 1830, avec Balzac et Stendhal, plus tard avec Flaubert, Maupassant et Zola, le roman entre dans l'ère du réalisme. La littérature va désormais témoigner des transformations profondes du corps social : l'argent devient un thème littéraire, de nouveaux types apparaissent : l'usurier, la grisette... et bien sûr le bourgeois, figure emblématique qui cristallise tous les ressentiments. Avec la IIIe République (1870), la bourgeoisie triomphe définitivement.

« L'argent devient un thème littéraire. »

La nouvelle, forme brève qui favorise l'intensité des effets et l'expression de l'ironie, est l'arme privilégiée des écrivains contestataires, comme Villiers de L'Isle-Adam. Ils dénoncent une société où progrès scientifique et richesse ne profitent pas à tous. Plus que jamais, entre l'artiste et son temps, le divorce est consommé. ■

- **1848** Révolution. IIe République
- 1850 Naissance de Maupassant
- **1851** Second Empire. Napoléon III
- **1857** Flaubert, *Madame Bovary*
- **1870** Chute du second Empire. IIIe République
- 1883 Villiers, *Contes cruels*
- 1884 Maupassant, *La Dot*
- **1885** Zola, *Germinal*
- **1889** Exposition universelle, édification de la tour Eiffel

Lire

Prosper Mérimée

La Partie de trictrac

1830

texte intégral

Qui sont les personnages ?

Roger

Ce lieutenant courageux, qui veut toujours être le meilleur, enchante ses compagnons par sa gaieté et sa générosité.

➡ *Pourquoi sombre-t-il soudain dans le désespoir ?*

Gabrielle

C'est une jeune et jolie actrice qui agit par caprice jusqu'à sa rencontre avec Roger. Elle est fière, passionnée et possède un fort tempérament.

➡ *Quelle preuve de son amour donne-t-elle à Roger ?*

Le capitaine

Fidèle ami de Roger qu'il aide et conseille, il représente le bon sens et la modération.

➡ *Réussira-t-il à sauver Roger ?*

La Partie de trictrac

Les voiles sans mouvement pendaient collées contre les mâts ; la mer était unie comme une glace ; la chaleur était étouffante, le calme désespérant.

Dans un voyage sur mer, les ressources d'amusement que peuvent offrir les hôtes d'un vaisseau sont bientôt épuisées. On se connaît trop bien, hélas ! lorsqu'on a passé quatre mois ensemble dans une maison de bois longue de cent vingt pieds[1]. Quand vous voyez venir le premier lieutenant, vous savez d'abord qu'il vous parlera de Rio-Janeiro, d'où il vient ; puis du fameux pont d'Essling[2] qu'il a vu faire par les marins de la garde, dont il faisait partie. Au bout de quinze jours, vous connaissez jusqu'aux expressions qu'il affectionne, jusqu'à la ponctuation de ses phrases, aux différentes intonations de sa voix. Quand jamais a-t-il manqué de s'arrêter tristement après avoir prononcé pour la première fois dans son récit ce mot, *l'empereur*[3]… « Si vous l'aviez vu alors !!! » *(trois points d'admiration)* ajoute-t-il invariablement. Et l'épisode du cheval du trompette[4], et le boulet qui ricoche et qui emporte une giberne[5] où il y avait pour sept mille cinq cents francs en or et en bijoux, etc., etc. ! – Le second lieutenant est un grand politique[6] ; il commente tous les jours le dernier numéro du *Constitutionnel*[7], qu'il a emporté de Brest ; ou, s'il quitte les sublimités[8] de la politique pour descendre à la littérature, il vous régalera de l'analyse du

1. Une quarantaine de mètres.
2. Célèbre victoire de Napoléon Ier en mai 1809.
3. Napoléon Ier.
4. Soldat chargé de sonner, avec sa trompette, les différents ordres donnés à la troupe.
5. Cartouchière.
6. Un homme qui s'intéresse à la politique.
7. Journal fondé en 1815, pendant les Cent-Jours.
8. Hauteurs.

dernier vaudeville[1] qu'il a vu jouer. Grand Dieu!… Le commissaire de marine possédait une histoire bien intéressante. Comme il nous enchanta la première fois qu'il nous raconta son évasion du ponton de Cadix[2]! mais à la vingtième répétition, ma foi, l'on n'y pouvait plus tenir… – Et les enseignes, et les aspirants!… Le souvenir de leurs conversations me fait dresser les cheveux à la tête. Quant au capitaine, généralement c'est le moins ennuyeux du bord. En sa qualité de commandant despotique[3], il se trouve en état d'hostilité secrète contre tout l'état-major[4]; il vexe, il opprime quelquefois, mais il y a un certain plaisir à pester[5] contre lui. S'il a quelque manie fâcheuse pour ses subordonnés, on a le plaisir de voir son supérieur ridicule, et cela console un peu.

À bord du vaisseau sur lequel j'étais embarqué, les officiers étaient les meilleures gens du monde, tous bons diables, s'aimant comme des frères, mais s'ennuyant à qui mieux mieux. Le capitaine était le plus doux des hommes, point tracassier[6] *(ce qui est une rareté)*. C'était toujours à regret qu'il faisait sentir son autorité dictatoriale. Pourtant, que le voyage me parut long! surtout ce calme qui nous prit quelques jours seulement avant de voir la terre!…

Un jour, après le dîner, que le désœuvrement[7] nous avait fait prolonger aussi longtemps qu'il était humainement possible, nous étions tous rassemblés sur le pont, attendant le spectacle monotone mais toujours majestueux d'un coucher de soleil en mer. Les uns fumaient, d'autres relisaient pour la vingtième fois un des trente

Le corps des officiers de marine

Il comprend différents grades et fonctions : capitaine, premier lieutenant, second lieutenant, commissaire de marine, enseignes et aspirants (élèves-officiers), dans l'ordre hiérarchique.

1. Comédie populaire légère.
2. Port espagnol d'Andalousie.
3. Tyrannique.
4. Ensemble des officiers sous son commandement.
5. Grogner.
6. Il ne cherchait pas les ennuis.
7. L'ennui.

volumes de notre triste bibliothèque ; tous bâillaient à pleurer. Un enseigne assis à côté de moi s'amusait, avec toute la gravité digne d'une occupation sérieuse, à laisser tomber, la pointe en bas, sur les planches du tillac[8], le poignard que les officiers de marine portent ordinairement en petite tenue[9]. C'est un amusement comme un autre, et qui exige de l'adresse pour que la pointe se pique bien perpendiculairement dans le bois. Désirant faire comme l'enseigne, et n'ayant point de poignard à moi, je voulus emprunter celui du capitaine, mais il me refusa. Il tenait singulièrement à cette arme, et même il aurait été fâché de la voir servir à un amusement aussi futile. Autrefois ce poignard avait appartenu à un brave officier mort malheureusement dans la dernière guerre[10]… Je devinai qu'une histoire allait suivre, je ne me trompais pas. Le capitaine commença sans se faire prier ; quant aux officiers qui nous entouraient, comme chacun d'eux connaissait par cœur les infortunes[11] du lieutenant Roger, ils firent aussitôt une retraite prudente. Voici à peu près quel fut le récit du capitaine :

Roger, quand je le connus, était plus âgé que moi de trois ans ; il était lieutenant ; moi, j'étais enseigne. Je vous assure que c'était un des meilleurs officiers de notre corps ; d'ailleurs un cœur excellent, de l'esprit, de l'instruction, des talents, en un mot un jeune homme charmant. Il était malheureusement un peu fier et susceptible ; ce qui tenait, je crois, à ce qu'il était enfant

8. Pont supérieur du navire.
9. Uniforme porté à bord ; la « grande tenue » est celle des sorties.
10. Guerre entre la France et l'Angleterre, sous l'Empire.
11. Malheurs.

naturel[1], et qu'il craignait que sa naissance ne lui fît perdre de la considération dans le monde ; mais, pour dire la vérité, de tous ses défauts le plus grand c'était un désir violent et continuel de primer[2] partout où il se trouvait. Son père, qu'il n'avait jamais vu, lui faisait une pension[3] qui aurait été bien plus que suffisante pour ses besoins, si Roger n'eût pas été la générosité même. Tout ce qu'il avait était à ses amis. Quand il venait de toucher son trimestre, c'était à qui irait le voir avec une figure triste et soucieuse : « Eh bien ! camarade, qu'as-tu ? demandait-il ; tu m'as l'air de ne pouvoir pas faire grand bruit en frappant sur tes poches ; allons, voici ma bourse, prends ce qu'il te faut, et viens-t'en dîner avec moi. »

Il vint à Brest une jeune actrice fort jolie, nommée Gabrielle, qui ne tarda pas à faire des conquêtes parmi les marins et les officiers de la garnison. Ce n'était pas une beauté régulière, mais elle avait de la taille[4], de beaux yeux, le pied petit, l'air passablement effronté : tout cela plaît fort quand on est dans les parages de vingt à vingt-cinq ans. On la disait par-dessus le marché la plus capricieuse créature de son sexe, et sa manière de jouer ne démentait pas[5] cette réputation. Tantôt elle jouait à ravir, on eût dit une comédienne du premier ordre ; le lendemain, dans la même pièce, elle était froide, insensible ; elle débitait son rôle comme un enfant récite son catéchisme[6]. Ce qui intéressa surtout nos jeunes gens, ce fut l'histoire suivante que l'on racontait d'elle. Il paraît qu'elle avait été entretenue très richement à Paris par un sénateur qui faisait, comme

1. Né hors mariage.
2. D'être le meilleur.
3. Somme d'argent versée régulièrement, ici tous les trois mois.
4. Une silhouette séduisante.
5. Ne faisait pas mentir.
6. Sa leçon d'instruction religieuse.

l'on dit, des folies pour elle. Un jour cet homme, se trouvant chez elle, mit son chapeau sur sa tête ; elle le pria de l'ôter, et se plaignit même qu'il lui manquât de respect. Le sénateur se mit à rire, leva les épaules, et dit en se carrant[7] dans un fauteuil : « C'est bien le moins que je me mette à mon aise chez une fille que je paye. » Un bon soufflet de crocheteur[8], détaché par la main blanche de la Gabrielle, le paya aussitôt de sa réponse et jeta son chapeau à l'autre bout de la chambre. De là, rupture complète. Des banquiers, des généraux avaient fait des offres considérables à la dame ; mais elle les avait toutes refusées, et s'était faite actrice, afin, disait-elle, de vivre indépendante.

Lorsque Roger la vit et qu'il apprit cette histoire, il jugea que cette personne était son fait[9], et, avec la franchise un peu brutale qu'on nous reproche, à nous autres marins, voici comment il s'y prit pour lui montrer combien il était touché de ses charmes. Il acheta les plus belles fleurs et les plus rares qu'il put trouver à Brest, en fit un bouquet qu'il attacha avec un beau ruban rose, et dans le nœud arrangea très proprement un rouleau de vingt-cinq napoléons[10] ; c'était tout ce qu'il possédait pour le moment. Je me souviens que je l'accompagnai dans les coulisses pendant un entracte. Il fit à la Gabrielle un compliment fort court sur la grâce qu'elle avait à porter son costume, lui offrit le bouquet et lui demanda la permission d'aller la voir chez elle. Tout cela fut dit en trois mots.

Tant que Gabrielle ne vit que les fleurs et le beau jeune homme qui les lui présentait, elle lui souriait,

7. En s'installant confortablement.
8. Une gifle très forte.
9. Lui convenait.
10. Pièces d'or. Vingt-cinq napoléons représentent à peu près deux mois de paie pour Roger.

accompagnant son sourire d'une révérence des plus gracieuses ; mais quand elle eut le bouquet entre les mains et qu'elle sentit le poids de l'or, sa physionomie changea plus rapidement que la surface de la mer soulevée par un ouragan des tropiques ; et certes elle ne fut guère moins méchante, car elle lança de toute sa force le bouquet et les napoléons à la tête de mon pauvre ami, qui en porta les marques sur la figure pendant plus de huit jours. La sonnette du régisseur[1] se fit entendre, Gabrielle entra en scène et joua tout de travers.

Roger, ayant ramassé son bouquet et son rouleau d'or d'un air bien confus, s'en alla au café offrir le bouquet *(sans l'argent)* à la demoiselle du comptoir, et essaya, en buvant du punch, d'oublier la cruelle. Il n'y réussit pas ; et, malgré le dépit[2] qu'il éprouvait de ne pouvoir se montrer avec son œil poché, il devint amoureux fou de la colérique Gabrielle. Il lui écrivait vingt lettres par jour, et quelles lettres ! soumises, tendres, respectueuses, telles qu'on pourrait les adresser à une princesse. Les premières lui furent renvoyées sans avoir été décachetées[3] ; les autres n'obtinrent pas de réponse. Roger cependant conservait quelque espoir, quand nous découvrîmes que la marchande d'oranges du théâtre enveloppait ses oranges avec les lettres d'amour de Roger, que Gabrielle lui donnait par un raffinement de méchanceté. Ce fut un coup terrible pour la fierté de notre ami. Pourtant sa passion ne diminua pas. Il parlait de demander l'actrice en mariage ; et comme on lui disait que le ministre de la Marine n'y donnerait jamais son consentement, il s'écriait qu'il se brûlerait la cervelle[4].

1. Responsable du déroulement du spectacle.
2. La déception.
3. Ouvertes.
4. Se suiciderait d'une balle dans la tête.

Sur ces entrefaites, il arriva que les officiers d'un régiment de ligne en garnison[5] à Brest voulurent faire répéter un couplet[6] de vaudeville à Gabrielle, qui s'y refusa par pur caprice. Les officiers et l'actrice s'opiniâtrèrent[7] si bien, que les uns firent baisser la toile[8] par leurs sifflets, et que l'autre s'évanouit. Vous savez ce que c'est que le parterre[9] d'une ville de garnison. Il fut convenu entre les officiers que le lendemain et les jours suivants la coupable serait sifflée sans rémission[10], qu'on ne lui permettrait pas de jouer un seul rôle avant qu'elle n'eût fait amende honorable[11] avec l'humilité nécessaire pour expier son crime[12]. Roger n'avait point assisté à cette représentation; mais il apprit le soir même le scandale qui avait mis tout le théâtre en confusion, ainsi que les projets de vengeance qui se tramaient pour le lendemain. Sur-le-champ son parti fut pris.

Le lendemain, lorsque Gabrielle parut, du banc des officiers partirent des huées[13] et des sifflets à fendre les oreilles. Roger, qui s'était placé à dessein[14] tout auprès des tapageurs, se leva, et interpella les plus bruyants en termes si outrageux[15], que toute leur fureur se tourna aussitôt contre lui. Alors, avec un grand sang-froid, il tira son carnet de sa poche, et inscrivait les noms qu'on lui criait de toutes parts; il aurait pris rendez-vous pour se battre avec tout le régiment, si, par esprit de corps[16], un grand nombre d'officiers de marine ne fussent survenus, et n'eussent provoqué la plupart de ses adversaires. La bagarre fut vraiment effroyable.

Toute la garnison fut consignée[17] pour plusieurs jours; mais quand on nous rendit la liberté il y eut

5. Stationné.
6. Extrait.
7. S'obstinèrent.
8. Le rideau du théâtre.
9. Public.
10. Sans pitié.
11. Demandé pardon.
12. Réparer sa faute.
13. Cris hostiles.
14. Volontairement.
15. Injurieux.
16. Par solidarité.
17. Privée de sortie.

un terrible compte à régler. Nous nous trouvâmes une soixantaine sur le terrain. Roger, seul, se battit successivement contre trois officiers ; il en tua un, et blessa grièvement[1] les deux autres sans recevoir une égratignure. Je fus moins heureux pour ma part : un maudit lieutenant, qui avait été maître d'armes, me donna dans la poitrine un grand coup d'épée, dont je manquai mourir. Ce fut, je vous assure, un beau spectacle que ce duel, ou plutôt cette bataille. La marine eut tout l'avantage, et le régiment fut obligé de quitter Brest.

Vous pensez bien que nos officiers supérieurs n'oublièrent pas l'auteur de la querelle. Il eut pendant quinze jours une sentinelle à sa porte.

Quand ses arrêts[2] furent levés, je sortis de l'hôpital, et j'allai le voir. Quelle fut ma surprise, en entrant chez lui, de le voir assis à déjeuner tête-à-tête avec Gabrielle ! Ils avaient l'air d'être depuis longtemps en parfaite intelligence[3]. Déjà ils se tutoyaient et se servaient du même verre. Roger me présenta à sa maîtresse comme son meilleur ami, et lui dit que j'avais été blessé dans l'espèce d'escarmouche[4] dont elle avait été la première cause. Cela me valut un baiser de cette belle personne. Cette fille avait les inclinations toutes martiales.

Ils passèrent trois mois ensemble parfaitement heureux, ne se quittant pas d'un instant. Gabrielle paraissait l'aimer jusqu'à la fureur, et Roger avouait qu'avant de connaître Gabrielle il n'avait pas connu l'amour.

Une frégate[5] hollandaise entra dans le port. Les officiers nous donnèrent à dîner. On but largement de toutes sortes de vins ; et, la nappe ôtée, ne sachant que faire,

Des inclinations martiales

Dans la mythologie latine, Mars est le dieu de la guerre. Gabrielle fait preuve d'« inclinations toutes martiales », c'est-à-dire d'une attirance pour la guerre, mais surtout pour les militaires, comme le souligne ironiquement le narrateur.

1. Gravement.
2. L'interdiction de sortie.
3. Entente.
4. Conflit peu important.
5. Un navire de guerre.

car ces messieurs parlaient très mal français, on se mit à jouer. Les Hollandais paraissaient avoir beaucoup d'argent; et leur premier lieutenant surtout voulait jouer si gros jeu[6], que pas un de nous ne se souciait de faire sa partie[7]. Roger, qui ne jouait pas d'ordinaire, crut qu'il s'agissait dans cette occasion de soutenir l'honneur de son pays. Il joua donc, et tint tout ce que voulut le lieutenant hollandais. Il gagna d'abord, puis perdit. Après quelques alternatives[8] de gain et de perte, ils se séparèrent sans avoir rien fait. Nous rendîmes le dîner aux officiers hollandais. On joua encore. Roger et le lieutenant furent remis aux prises[9]. Bref, pendant plusieurs jours, ils se donnèrent rendez-vous, soit au café, soit à bord, essayant toutes sortes de jeux, surtout le trictrac, et augmentant toujours leurs paris, si bien qu'ils en vinrent à jouer vingt-cinq napoléons la partie. C'était une somme énorme pour de pauvres officiers comme nous : plus de deux mois de solde! Au bout d'une semaine, Roger avait perdu tout l'argent qu'il possédait, plus trois ou quatre mille francs empruntés à droite et à gauche.

Vous vous doutez bien que Roger et Gabrielle avaient fini par faire ménage commun et bourse commune : c'est-à-dire que Roger, qui venait de toucher une forte part de prises[10], avait mis à la masse[11] dix ou vingt fois plus que l'actrice. Cependant il considérait toujours que cette masse appartenait principalement à sa maîtresse, et il n'avait gardé pour ses dépenses particulières qu'une cinquantaine de napoléons. Il avait été cependant obligé de recourir à cette réserve pour continuer à jouer. Gabrielle ne lui fit pas la moindre observation.

Le trictrac

Ce jeu de société était très à la mode aux XVIIe et XVIIIe siècles dans les milieux aristocratiques avant de disparaître presque totalement à la fin du XIXe siècle. Il se jouait à deux avec des pions appelés « dames » et des dés, et combinait hasard et stratégie.

6. Une somme si importante.
7. N'avait envie de jouer avec lui.
8. Successions.
9. S'affrontèrent à nouveau.
10. Prises de guerre, données aux officiers lors des victoires sur l'ennemi.
11. Dans la cagnotte du ménage.

L'argent du ménage prit le même chemin que son argent de poche. Bientôt Roger fut réduit à jouer ses derniers vingt-cinq napoléons. Il s'appliquait horriblement ; aussi la partie fut-elle longue et disputée. Il vint un moment où Roger, tenant le cornet[1], n'avait plus qu'une chance pour gagner : je crois qu'il fallait six quatre[2]. La nuit était avancée. Un officier qui les avait longtemps regardés jouer avait fini par s'endormir sur un fauteuil. Le Hollandais était fatigué et assoupi ; en outre, il avait bu beaucoup de punch. Roger seul était bien éveillé, et en proie au plus violent désespoir. Ce fut en frémissant qu'il jeta les dés. Il les jeta si rudement sur le damier, que de la secousse une bougie tomba sur le plancher. Le Hollandais tourna la tête d'abord vers la bougie, qui venait de couvrir de cire son pantalon neuf, puis il regarda les dés. – Ils marquaient six et quatre. Roger, pâle comme la mort, reçut les vingt-cinq napoléons. Ils continuèrent à jouer. La chance devint favorable à mon malheureux ami, qui pourtant faisait écoles sur écoles[3], et qui casait[4] comme s'il avait voulu perdre. Le lieutenant hollandais s'entêta, doubla, décupla les enjeux[5] : il perdit toujours. Je crois le voir encore : c'était un grand blond, flegmatique[6], dont la figure semblait être de cire. Il se leva enfin, ayant perdu quarante mille francs, qu'il paya sans que sa physionomie décelât[7] la moindre émotion.

Roger lui dit : « Ce que nous avons fait ce soir ne signifie rien, vous dormiez à moitié ; je ne veux pas de votre argent.

1. Gobelet qui sert à lancer les dés.
2. Vingt-quatre points.
3. Accumulait les pénalités.
4. Jouait.
5. Sommes pariées.
6. Très calme.
7. Révèle.

– Vous plaisantez, répondit le flegmatique Hollandais ; j'ai très bien joué, mais les dés ont été contre moi. Je suis sûr de pouvoir toujours vous gagner en vous rendant quatre trous[8]. Bonsoir ! » et il le quitta.

Le lendemain, nous apprîmes que, désespéré de sa perte, il s'était brûlé la cervelle dans sa chambre après avoir bu un bol de punch.

Les quarante mille francs gagnés par Roger étaient étalés sur une table, et Gabrielle les contemplait avec un sourire de satisfaction. « Nous voilà bien riches, dit-elle, que ferons-nous de tout cet argent ? »

Roger ne répondit rien ; il paraissait comme hébété[9] depuis la mort du Hollandais. « Il faut faire mille folies, continua la Gabrielle : argent gagné aussi facilement doit se dépenser de même. Achetons une calèche[10], et narguons[11] le préfet maritime et sa femme. Je veux avoir des diamants, des cachemires[12]. Demande un congé et allons à Paris ; ici nous ne viendrons jamais à bout de tant d'argent ! » Elle s'arrêta pour observer Roger, qui, les yeux fixés sur le plancher, la tête appuyée sur sa main, ne l'avait pas entendue, et semblait rouler dans sa tête les plus sinistres pensées.

« Que diable as-tu, Roger ? s'écria-t-elle en appuyant une main sur son épaule. Tu me fais la moue[13], je crois ; je ne puis t'arracher une parole.

– Je suis bien malheureux, dit-il enfin avec un soupir étouffé.

– Malheureux ! Dieu me pardonne, n'aurais-tu pas des remords pour avoir plumé ce gros *mynheer*[14] ? »

Il releva la tête et la regarda d'un œil hagard[15].

8. En vous donnant douze points d'avance.
9. Ahuri.
10. Voiture à cheval.
11. Provoquons.
12. Châles de luxe, en laine fine, très à la mode au début du XIXe siècle.
13. Tu me boudes.
14. Monsieur, en hollandais.
15. Agrandi par la peur.

« Qu'importe, poursuivit-elle, qu'importe qu'il ait pris la chose au tragique et qu'il se soit brûlé ce qu'il avait de cervelle ! Je ne plains pas les joueurs qui perdent ; et certes son argent est mieux entre nos mains que dans les siennes : il l'aurait dépensé à boire et à fumer, au lieu que nous, nous allons faire mille extravagances toutes plus élégantes les unes que les autres. »

Roger se promenait par la chambre, la tête penchée sur sa poitrine, les yeux à demi fermés et remplis de larmes. Il vous aurait fait pitié si vous l'aviez vu.

« Sais-tu, lui dit Gabrielle, que des gens qui ne connaîtraient pas ta sensibilité romanesque[1] pourraient bien croire que tu as triché ?

– Et si cela était vrai ? s'écria-t-il, d'une voix sourde en s'arrêtant devant elle.

– Bah ! répondit-elle en souriant, tu n'as pas assez d'esprit pour tricher au jeu.

– Oui, j'ai triché, Gabrielle ; j'ai triché comme un misérable que je suis. »

Elle comprit à son émotion qu'il ne disait que trop vrai : elle s'assit sur un canapé et demeura quelque temps sans parler : « J'aimerais mieux, dit-elle enfin d'une voix très émue, j'aimerais mieux que tu eusses tué dix hommes que d'avoir triché au jeu. »

Il y eut un mortel silence d'une demi-heure. Ils étaient assis tous les deux sur le même sofa, et ne se regardèrent pas une seule fois. Roger se leva le premier, et lui dit bonsoir d'une voix assez calme.

« Bonsoir ! » lui répondit-elle d'un ton sec et froid.

1. Ton goût pour les comportements héroïques, comme ceux des héros de roman.

Roger m'a dit depuis qu'il se serait tué ce jour-là même s'il n'avait craint que nos camarades ne devinassent la cause de son suicide. Il ne voulait pas que sa mémoire fut infâme[2].

Le lendemain, Gabrielle fut aussi gaie qu'à l'ordinaire ; on eût dit qu'elle avait déjà oublié la confidence de la veille. Pour Roger, il était devenu sombre, fantasque[3], bourru[4] ; il sortait à peine de sa chambre, évitait ses amis, et passait souvent des journées entières sans adresser une parole à sa maîtresse. J'attribuais sa tristesse à une sensibilité honorable, mais excessive, et j'essayai plusieurs fois de le consoler ; mais il me renvoyait bien loin, en affectant[5] une grande indifférence pour son *partner*[6] malheureux. Un jour même il fit une sortie violente contre la nation hollandaise, et voulut me soutenir qu'il ne pouvait pas y avoir en Hollande un seul honnête homme. Cependant il s'informait en secret de la famille du lieutenant hollandais, mais personne ne pouvait lui en donner des nouvelles.

Six semaines après cette malheureuse partie de trictrac, Roger trouva chez Gabrielle un billet écrit par un aspirant qui paraissait la remercier de bontés qu'elle avait eues pour lui. Gabrielle était le désordre en personne, et le billet en question avait été laissé par elle sur sa cheminée. Je ne sais si elle avait été infidèle, mais Roger le crut, et sa colère fut épouvantable. Son amour et un reste d'orgueil étaient les seuls sentiments qui pussent encore l'attacher à la vie, et le plus fort de ses sentiments allait être ainsi soudainement détruit. Il accabla d'injures l'orgueilleuse comédienne ; et, violent

2. Déshonorée.
3. Imprévisible.
4. Désagréable.
5. Affichant.
6. Adversaire au jeu.

comme il était, je ne sais comment il se fit qu'il ne la battît pas.

« Sans doute, lui dit-il, ce freluquet[1] vous a donné beaucoup d'argent ? C'est la seule chose que vous aimiez, et vous accorderiez vos faveurs au plus sale de nos matelots s'il avait de quoi les payer.

– Pourquoi pas ? répondit froidement l'actrice. Oui, je me ferais payer par un matelot, mais... *je ne le volerais pas.* »

Roger poussa un cri de rage. Il tira en tremblant son poignard, et un instant regarda Gabrielle avec des yeux égarés ; puis rassemblant toutes ses forces, il jeta l'arme à ses pieds et s'échappa de l'appartement pour ne pas céder à la tentation qui l'obsédait.

Ce soir-là même je passai fort tard devant son logement, et voyant de la lumière chez lui, j'entrai pour lui emprunter un livre. Je le trouvai fort occupé à écrire. Il ne se dérangea point, et parut à peine s'apercevoir de ma présence dans sa chambre. Je m'assis près de son bureau et je contemplai ses traits ; ils étaient tellement altérés, qu'un autre que moi aurait eu de la peine à le reconnaître. Tout d'un coup j'aperçus sur le bureau une lettre déjà cachetée, et qui m'était adressée. Je l'ouvris aussitôt. Roger m'annonçait qu'il allait mettre fin à ses jours, et me chargeait de différentes commissions. Pendant que je lisais, il écrivait toujours sans prendre garde à moi : c'était à Gabrielle qu'il faisait ses adieux... Vous pensez quel fut mon étonnement, et ce que je dus lui dire, confondu[2] comme je l'étais de sa résolution : « Comment, tu veux te tuer, toi qui es si heureux ?

1. Jeune homme prétentieux.
2. Très étonné.

– Mon ami, dit-il en cachetant sa lettre, tu ne sais rien ; tu ne me connais pas, je suis un fripon[3] ; je suis si méprisable, qu'une fille de joie[4] m'insulte ; et je sens si bien ma bassesse, que je n'ai pas la force de la battre. » Alors il me raconta l'histoire de la partie de trictrac, et tout ce que vous savez déjà. En l'écoutant, j'étais pour le moins aussi ému que lui ; je ne savais que lui dire ; je lui serrais les mains, j'avais les larmes aux yeux, mais je ne pouvais parler. Enfin l'idée me vint de lui représenter qu'il n'avait pas à se reprocher d'avoir causé volontairement la ruine du Hollandais, et qu'après tout il ne lui avait fait perdre par sa... tricherie... que vingt-cinq napoléons.

« Donc, s'écria-t-il avec une ironie amère, je suis un petit voleur et non un grand. Moi qui avais tant d'ambition ! N'être qu'un friponneau ! » Et il éclata de rire. Je fondis en larmes.

Tout à coup la porte s'ouvrit ; une femme entra et se précipita dans ses bras : c'était Gabrielle. « Pardonne-moi, s'écria-t-elle en l'étreignant[5] avec force, pardonne-moi. Je le sens bien, je n'aime que toi. Je t'aime mieux maintenant que si tu n'avais pas fait ce que tu te reproches. Si tu veux, je volerai... j'ai déjà volé... Oui, j'ai volé... j'ai volé une montre d'or... Que peut-on faire de pis ? »

Roger secoua la tête d'un air d'incrédulité ; mais son front parut s'éclaircir. « Non, ma pauvre enfant, dit-il en la repoussant avec douceur, il faut absolument que je me tue. Je souffre trop, je ne puis résister à la douleur que je sens là.

3. Homme malhonnête.
4. Prostituée.
5. En le serrant dans ses bras.

– Eh bien ! si tu veux mourir, Roger, je mourrai avec toi ! Sans toi, que m'importe la vie ! J'ai du courage, j'ai tiré des fusils[1] ; je me tuerai tout comme un autre. D'abord, moi qui ai joué la tragédie, j'en ai l'habitude. » Elle avait les larmes aux yeux en commençant, cette dernière idée la fit rire, et Roger lui-même laissa échapper un sourire. « Tu ris, mon officier, s'écria-t-elle en battant des mains et en l'embrassant ; tu ne te tueras pas ! » Et elle l'embrassait toujours, tantôt pleurant, tantôt riant, tantôt jurant comme un matelot ; car elle n'était pas de ces femmes qu'un gros mot effraye.

Cependant, je m'étais emparé des pistolets et du poignard de Roger, et je lui dis : « Mon cher Roger, tu as une maîtresse et un ami qui t'aiment. Crois-moi, tu peux encore avoir quelque bonheur en ce monde. » Je sortis après l'avoir embrassé, et je le laissai seul avec Gabrielle.

Je crois que nous ne serions parvenus qu'à retarder seulement son funeste dessein[2], s'il n'avait reçu du ministre l'ordre de partir, comme premier lieutenant, à bord d'une frégate qui devait aller croiser[3] dans les mers de l'Inde, après avoir passé au travers de l'escadre[4] anglaise qui bloquait le port. L'affaire était hasardeuse. Je lui fis entendre[5] qu'il valait mieux mourir noblement d'un boulet anglais que de mettre fin lui-même à ses jours, sans gloire et sans utilité pour son pays. Il promit de vivre. Des quarante mille francs, il en distribua la moitié à des matelots estropiés[6] ou à des veuves et des enfants de marins. Il donna le reste à Gabrielle, qui d'abord jura de n'employer cet argent qu'en bonnes

1. Tiré au fusil.
2. Sombre projet.
3. Naviguer dans une zone pour la surveiller.
4. L'ensemble des navires.
5. Comprendre.
6. Infirmes.

œuvres[7]. Elle avait bien l'intention de tenir parole, la pauvre fille ; mais l'enthousiasme était chez elle de courte durée. J'ai su depuis qu'elle donna quelques milliers de francs aux pauvres. Elle s'acheta des chiffons[8] avec le reste.

Nous montâmes, Roger et moi, sur une belle frégate, *La Galatée* : nos hommes étaient braves, bien exercés, bien disciplinés ; mais notre commandant était un ignorant, qui se croyait un Jean Bart parce qu'il jurait mieux qu'un capitaine d'armes[9], parce qu'il écorchait le français et qu'il n'avait jamais étudié la théorie de sa profession, dont il entendait assez médiocrement la pratique. Pourtant le sort le favorisa d'abord. Nous sortîmes heureusement de la rade[10], grâce à un coup de vent qui força l'escadre de blocus[11] de gagner le large, et nous commençâmes notre croisière par brûler une corvette[12] anglaise et un vaisseau de la compagnie[13] sur les côtes du Portugal.

Nous voguions lentement vers les mers de l'Inde, contrariés par les vents et par les fausses manœuvres de notre capitaine, dont la maladresse augmentait le danger de notre croisière. Tantôt chassés par des forces supérieures, tantôt poursuivant des vaisseaux marchands, nous ne passions pas un seul jour sans quelque aventure nouvelle. Mais ni la vie hasardeuse que nous menions, ni les fatigues que lui donnait le détail[14] de la frégate dont il était chargé, ne pouvaient distraire Roger des tristes pensées qui le poursuivaient sans relâche. Lui qui passait autrefois pour l'officier le plus actif et le plus brillant de notre port, maintenant

Jean Bart (1650–1702)

Ce marin célèbre était un corsaire aux multiples victoires. Il réussit, par exemple, à forcer le blocus anglais devant Dunkerque, en 1694. Deux ans plus tard, il s'empara de plus de quatre-vingts navires hollandais. Louis XIV l'anoblit et il devint chef d'escadre.

7. Actions charitables.
8. Vêtements.
9. Officier d'infanterie.
10. Du port.
11. Les navires qui bloquaient le port.
12. Un navire de guerre.
13. Compagnie anglaise des Indes, gigantesque entreprise commerciale.
14. Les tâches pour le matériel et l'équipage.

il se bornait à faire seulement son devoir. Aussitôt que son service était fini, il se renfermait dans sa chambre, sans livres, sans papier; il passait des heures entières couché dans son cadre[1], et le malheureux ne pouvait dormir.

Un jour, voyant son abattement, je m'avisai de lui dire : « Parbleu! mon cher, tu t'affliges[2] pour peu de chose. Tu as escamoté[3] vingt-cinq napoléons à un gros Hollandais, bien! – et tu as des remords pour plus d'un million. Or, dis-moi, quand tu étais l'amant de la femme du préfet de… n'en avais-tu point? Pourtant elle valait mieux que vingt-cinq napoléons. »

Il se retourna sur son matelas sans me répondre.

Je poursuivis : « Après tout, ton crime, puisque tu dis que c'est un crime, avait un motif honorable, et venait d'une âme élevée. »

Il tourna la tête et me regarda d'un air furieux.

« Oui, car enfin, si tu avais perdu, que devenait Gabrielle? Pauvre fille, elle aurait vendu sa dernière chemise pour toi… Si tu perdais, elle était réduite à la misère… C'est pour elle, c'est par amour pour elle que tu as triché. Il y a des gens qui tuent par amour… qui se tuent… Toi, mon cher Roger, tu as fait plus. Pour un homme comme nous, il y a plus de courage à… voler, pour parler net, qu'à se tuer. »

« Peut-être maintenant, me dit le capitaine, interrompant son récit, vous semblé-je ridicule. Je vous assure que mon amitié pour Roger me donnait dans ce moment,

1. Sa couchette.
2. T'attristes.
3. Volé.

une éloquence que je ne retrouve plus aujourd'hui ; et, le diable m'emporte, en lui parlant de la sorte, j'étais de bonne foi, et je croyais tout ce que je disais. Ah ! j'étais jeune alors ! »

Roger fut quelque temps sans répondre ; il me tendit la main : « Mon ami, dit-il en paraissant faire un grand effort sur lui-même, tu me crois meilleur que je ne suis. Je suis un lâche coquin. Quand j'ai triché ce Hollandais, je ne pensais qu'à gagner vingt-cinq napoléons, voilà tout. Je ne pensais pas à Gabrielle, et voilà pourquoi je me méprise... Moi, estimer mon honneur moins que vingt-cinq napoléons !... Quelle bassesse ! Oui, je serais heureux de pouvoir me dire : J'ai volé pour tirer Gabrielle de la misère... Non !... non ! je ne pensais pas à elle... Je n'étais pas amoureux dans ce moment... J'étais un joueur... j'étais un voleur... J'ai volé de l'argent pour l'avoir à moi... et cette action m'a tellement abruti, avili[4], que je n'ai plus aujourd'hui de courage ni d'amour... je vis, et je ne pense plus à Gabrielle... je suis un homme fini. »

Il paraissait si malheureux que, s'il m'avait demandé mes pistolets pour se tuer, je crois que je les lui aurais donnés.

Un certain vendredi, jour de mauvais augure[5], nous découvrîmes une grosse frégate anglaise, *L'Alceste*, qui prit chasse sur nous[6]. Elle portait cinquante-huit canons, nous n'en avions que trente-huit. Nous fîmes force de voiles[7] pour lui échapper ; mais sa marche était

4. Rendu méprisable.
5. Qui porte malheur.
6. Nous prit en chasse.
7. Déployâmes toutes les voiles.

supérieure; elle gagnait sur nous à chaque instant; il était évident qu'avant la nuit nous serions contraints de livrer un combat inégal. Notre capitaine appela Roger dans sa chambre, où ils furent un grand quart d'heure à consulter ensemble. Roger remonta sur le tillac, me prit par le bras, et me tira à l'écart.

« D'ici à deux heures, me dit-il, l'affaire va s'engager; ce brave homme là-bas qui se démène sur le gaillard d'arrière[1] a perdu la tête. Il y avait deux partis à prendre : le premier, le plus honorable, était de laisser l'ennemi arriver sur nous, puis de l'aborder vigoureusement en jetant à son bord une centaine de gaillards déterminés; l'autre parti, qui n'est pas mauvais, mais qui est assez lâche, serait de nous alléger en jetant à la mer une partie de nos canons. Alors nous pourrions serrer de très près la côte d'Afrique que nous découvrons là-bas à bâbord[2]. L'Anglais, de peur de s'échouer, serait bien obligé de nous laisser échapper; mais notre... capitaine n'est ni un lâche ni un héros : il va se laisser démolir de loin à coups de canon, et après quelques heures de combat il amènera honorablement son pavillon[3]. Tant pis pour vous : les pontons[4] de Portsmouth[5] vous attendent. Quant à moi, je ne veux pas les voir.

– Peut-être, lui dis-je, nos premiers coups de canon feront-ils à l'ennemi des avaries[6] assez fortes pour l'obliger à cesser la chasse.

– Écoute, je ne veux pas être prisonnier, je veux me faire tuer; il est temps que j'en finisse. Si par malheur je ne suis que blessé, donne-moi ta parole que tu me

1. Partie surélevée à l'arrière du grand mât d'où le commandant donne ses ordres.
2. À gauche (par opposition à tribord, à droite).
3. Il se rendra en abaissant son drapeau.
4. Plates-formes flottantes.
5. Port de guerre anglais.
6. Dégâts.

jetteras à la mer. C'est le lit où doit mourir un bon marin comme moi.

– Quelle folie ! m'écriai-je, et quelle commission me donnes-tu là !

– Tu rempliras le devoir d'un bon ami. Tu sais qu'il faut que je meure. Je n'ai consenti à ne pas me tuer que dans l'espoir d'être tué, tu dois t'en souvenir. Allons, fais-moi cette promesse ; si tu me refuses, je vais demander ce service à ce contremaître, qui ne me refusera pas. »

Après avoir réfléchi quelque temps, je lui dis : « Je te donne ma parole de faire ce que tu désires, pourvu que tu sois blessé à mort, sans espérance de guérison. Dans ce cas, je consens à t'épargner des souffrances.

– Je serai blessé à mort, ou bien je serai tué. » Il me tendit la main, je la serrai fortement. Dès lors, il fut plus calme, et même une certaine gaieté martiale[7] brilla sur son visage.

Vers trois heures de l'après-midi, les canons de chasse de l'ennemi commencèrent à porter dans nos agrès[8]. Nous carguâmes[9] alors une partie de nos voiles ; nous présentâmes le travers[10] à *L'Alceste*, et nous fîmes un feu roulant[11] auquel les Anglais répondirent avec vigueur. Après environ une heure de combat, notre capitaine, qui ne faisait rien à propos, voulut essayer l'abordage. Mais nous avions déjà beaucoup de morts et de blessés, et le reste de notre équipage avait perdu de son ardeur ; enfin nous avions beaucoup souffert dans nos agrès, et nos mâts étaient fort endommagés. Au moment où nous déployâmes nos voiles pour nous rapprocher de l'Anglais, notre grand mât, qui ne tenait plus à rien,

7. Guerrière.
8. Parties du navire qui soutiennent la voilure.
9. Repliâmes.
10. Le côté du navire.
11. Tir continu.

tomba avec un fracas horrible. *L'Alceste* profita de la confusion où nous jeta d'abord cet accident. Elle vint passer à notre poupe[1] en nous lâchant à demi-portée de pistolet toute sa bordée[2]; elle traversa de l'avant à l'arrière notre malheureuse frégate, qui ne pouvait lui opposer sur ce point que deux petits canons. Dans ce moment, j'étais auprès de Roger, qui s'occupait à faire couper les haubans[3] qui retenaient encore le mât abattu. Je le sens qui me serrait le bras avec force; je me retourne, et je le vois renversé sur le tillac et tout couvert de sang. Il venait de recevoir un coup de mitraille dans le ventre.

Le capitaine courut à lui : « Que faire, lieutenant? s'écria-t-il.

– Il faut clouer notre pavillon à ce tronçon de mât et nous faire couler. » Le capitaine le quitta aussitôt, goûtant fort peu ce conseil.

« Allons, me dit Roger, souviens-toi de ta promesse.

– Ce n'est rien, lui dis-je, tu peux en revenir.

– Jette-moi par-dessus le bord, s'écria-t-il en jurant horriblement et me saisissant par la basque[4] de mon habit; tu vois bien que je n'en puis réchapper : jette-moi à la mer, je ne veux pas voir amener notre pavillon[5]. »

Deux matelots s'approchèrent de lui pour le porter à fond de cale. « À vos canons, coquins, s'écria-t-il avec force : tirez à mitraille et pointez[6] au tillac. Et toi, si tu manques à ta parole, je te maudis, et je te tiens pour le plus lâche et le plus vil[7] de tous les hommes! »

Sa blessure était certainement mortelle. Je vis le capitaine appeler un aspirant et lui donner l'ordre d'amener

Ci-contre :
Le Combat des navires, Édouard Manet, 1864.

1. Arrière du bateau (par opposition à la proue).
2. Puissance de feu de tous les canons d'un même bord.
3. Cordages servant à maintenir le mât.
4. Le bas.
5. Baisser le drapeau en signe de défaite.
6. Visez.
7. Méprisable.

notre pavillon. « Donne-moi une poignée de main », dis-je à Roger.

Au moment même où notre pavillon fut amené…

« Capitaine, une baleine à bâbord! interrompit un enseigne accourant à nous.

– Une baleine! » s'écria le capitaine transporté de joie et laissant là son récit; « vite, la chaloupe à la mer! la yole[1] à la mer! toutes les chaloupes à la mer! – Des harpons, des cordes! etc., etc. »

Je ne pus savoir comment mourut le pauvre lieutenant Roger.

1. Le canot.

Pause lecture 1

L'argent et l'honneur

Deux récits emboîtés

Avez-vous bien lu ?

Pourquoi le capitaine se lance-t-il dans son récit ?

- ❑ Il veut amuser le narrateur.
- ❑ Il raconte cette histoire tous les soirs.
- ❑ Il justifie son attachement à un poignard.

D'un récit à l'autre

1 Quelle formule indique clairement le passage du récit 1 au récit 2 ? Où et quand les deux narrateurs se sont-ils rencontrés ?

2 Précisez à quel moment se situe le deuxième récit par rapport au premier.

3 « Il vous aurait fait pitié si vous l'aviez vu » (l. 334). À qui le capitaine s'adresse-t-il ? Pourquoi ?

4 Quel objet fait le lien entre les deux récits ? Cherchez les moments où il apparaît dans les deux histoires.

Interruptions et ruptures

5 Repérez les « blancs » (ou espaces entre paragraphes) dans la nouvelle. Combien y en a-t-il ? Précisez le rôle de chacun d'eux.

6 Le capitaine finit-il son récit ? Pourquoi ? Le lecteur connaît-il malgré tout le dénouement ? Expliquez.

Une passion mouvementée

Avez-vous bien lu ?

Pourquoi Gabrielle joue-t-elle mal ?

❏ Elle est fatiguée.
❏ Elle est en colère.
❏ Elle est jalouse.

Des débuts difficiles

1 Pourquoi Gabrielle refuse-t-elle le cadeau de Roger ? Comment réagit-il ?

Un bonheur de courte durée

2 Par quelle action Roger conquiert-il Gabrielle ?

3 Combien de mois dure le bonheur parfait des amants ? En combien de phrases est-il évoqué ? Que pouvez-vous dire sur le rythme du récit ?

La désillusion

4 Quelle est la première réaction de Gabrielle lorsque Roger lui avoue sa tricherie ? Relevez le champ lexical du malheur, des lignes 306 à 353 : que révèle-t-il ?

5 Comment réagit Roger après la partie de trictrac ? Qu'est-ce qui provoque une violente dispute entre les amants ?

6 Quel argument parvient à convaincre Roger de renoncer au suicide (l. 444 à 469) ? L'amour joue-t-il un rôle dans cette décision ?

L'argent ne fait pas le bonheur

Avez-vous bien lu ?

Que veut faire Gabrielle de l'argent gagné au jeu ?

❏ Le dépenser rapidement.

❏ Le partager avec d'autres officiers.

❏ L'économiser.

Le jeu

1 Trois éléments permettent à Roger de tricher : lesquels ? Pourquoi le narrateur les mentionne-t-il ?

2 Quelle est la motivation de Roger lorsqu'il se met à jouer ? Et lorsqu'il triche ?

La place de l'argent

3 Comment se manifeste la générosité de Roger au début de la nouvelle ? Que devient finalement l'argent qu'il a gagné au jeu ?

4 Comment évoluent les rapports de Gabrielle avec l'argent ?

5 Quels sont les deux arguments du capitaine pour essayer de minimiser « le crime » de son ami (l. 509 à 528) ? Pourquoi ne réussit-il pas à le convaincre ?

Vers l'expression

Vocabulaire

1. Des lignes 155 à 174, relevez le champ lexical de la passion. Classez les termes relevés du plus faible au plus fort.

2. Relevez, dans les paroles de Roger (l. 414 à 417, 427 à 429, 537 à 551), tous les termes péjoratifs qu'il emploie pour parler de lui. Qu'en déduisez-vous concernant son caractère ?

3. Sur le modèle de *friponneau*, trouvez cinq autres substantifs comprenant le suffixe diminutif *-eau*.

À vous de jouer

Écrivez une suite

Imaginez la fin du récit du capitaine en respectant les caractères des personnages.

Écrivez un dialogue argumentatif

Votre voisin et vous-même êtes les témoins involontaires d'une tricherie lors d'une partie de cartes entre amis. Vous désirez dénoncer le tricheur, votre voisin s'y refuse. Imaginez la discussion opposant vos deux points de vue.

Du texte à l'image

Observez le tableau → voir dossier images p. I

Le Tricheur à l'as de carreau, Georges de La Tour, 1635.

1. Étudiez les jeux de lumière : quels éléments du tableau sont ainsi mis en valeur ? Commentez.
2. Quel est le milieu social représenté ? Quels indices vous permettent de répondre ?
3. Quel personnage triche ? Comment s'y prend-il ?
4. Où regarde le joueur de gauche ? Quel est l'effet produit ?
5. Comment peut-on rapprocher cette scène de tricherie de celle de la nouvelle ?

Lire

Alfred de Musset

Mimi Pinson

1845

texte intégral

Qui sont les personnages ?

Eugène

Jeune homme de bonne famille, cet étudiant en médecine est un rêveur solitaire, sage et studieux, trop sérieux selon ses amis.

➨ *Pourquoi redoute-t-il tant la fréquentation des jolies grisettes ?*

Marcel

Cet ami d'Eugène veut profiter de la vie et s'amuser. Il cherche à provoquer une idylle entre Eugène et Mimi Pinson.

➨ *Parviendra-t-il à ses fins ?*

Mimi Pinson

Cette jolie jeune fille n'a pas un sou, mais accepte son sort avec dignité. Elle est fort appréciée pour sa générosité et sa joie de vivre.

➨ *Pour quelle raison est-elle obligée de mettre en gage son unique robe ?*

Mimi Pinson

Profil de grisette

I

PARMI LES ÉTUDIANTS QUI SUIVAIENT, l'an passé, les cours de l'École de Médecine, se trouvait un jeune homme nommé Eugène Aubert. C'était un garçon de bonne famille, qui avait à peu près dix-neuf ans. Ses parents vivaient en province, et lui faisaient une pension[1] modeste, mais qui lui suffisait. Il menait une vie tranquille, et passait pour avoir un caractère fort doux. Ses camarades l'aimaient ; en toute circonstance on le trouvait bon et serviable, la main généreuse et le cœur ouvert. Le seul défaut qu'on lui reprochait était un singulier penchant à la rêverie et à la solitude, et une réserve si excessive dans son langage et ses moindres actions, qu'on l'avait surnommé la *Petite Fille*, surnom, du reste, dont il riait lui-même, et auquel ses amis n'attachaient aucune idée qui pût l'offenser, le sachant aussi brave qu'un autre au besoin ; mais il était vrai que sa conduite justifiait un peu ce sobriquet[2], surtout par la façon dont elle contrastait avec les mœurs de ses compagnons. Tant qu'il n'était question que de travail, il était le premier à l'œuvre ; mais, s'il s'agissait d'une partie de plaisir, d'un dîner au Moulin de Beurre, ou d'une contredanse[3] à la Chaumière[4], la *Petite Fille* secouait la tête et regagnait sa chambrette garnie.

La grisette

À l'origine, c'est une étoffe de couleur grise et peu chère, portée par les ouvrières. Par extension, le mot désigne une jeune ouvrière de condition modeste.

1. Somme d'argent versée régulièrement.
2. Surnom.
3. Voir encadré, p. 67.
4. Bal public fréquenté surtout par les étudiants et les grisettes.

Chose presque monstrueuse parmi les étudiants : non seulement Eugène n'avait pas de maîtresse, quoique son âge et sa figure eussent pu lui valoir des succès, mais on ne l'avait jamais vu faire le galant au comptoir[1] d'une grisette, usage immémorial[2] au quartier Latin[3]. Les beautés qui peuplent la montagne Sainte-Geneviève, et se partagent les amours des écoles[4], lui inspiraient une sorte de répugnance qui allait jusqu'à l'aversion[5]. Il les regardait comme une espèce à part, dangereuse, ingrate et dépravée[6], née pour laisser partout le mal et le malheur en échange de quelques plaisirs. « Gardez-vous de ces femmes-là, disait-il : ce sont des poupées de fer rouge[7]. » Et il ne trouvait malheureusement que trop d'exemples pour justifier la haine qu'elles lui inspiraient. Les querelles, les désordres, quelquefois même la ruine qu'entraînent ces liaisons passagères, dont les dehors ressemblent au bonheur, n'étaient que trop faciles à citer, l'année dernière comme aujourd'hui, et probablement comme l'année prochaine.

Il va sans dire que les amis d'Eugène le raillaient continuellement sur sa morale et ses scrupules : – Que prétends-tu ? lui demandait souvent un de ses camarades, nommé Marcel, qui faisait profession d'être un bon vivant ; – que prouve une faute, ou un accident arrivé une fois par hasard ?

– Qu'il faut s'abstenir, répondait Eugène, de peur que cela n'arrive une seconde fois.

– Faux raisonnement, répliqua Marcel, argument de capucin de carte, qui tombe si le compagnon trébuche. De quoi vas-tu t'inquiéter ? Tel d'entre nous a perdu au

Le capucin de carte

Jeu où les cartes sont disposées à la file de sorte que si on en fait tomber une, toutes se renversent. Marcel montre ainsi la fragilité du raisonnement d'Eugène.

1. Lieu d'accueil du client dans un magasin.
2. Très ancien.
3. Quartier des étudiants à Paris.
4. Des étudiants.
5. Au dégoût profond.
6. Immorale.
7. Personnes qui vous marquent à vie.

→ Du texte à l'image p. 43

Le Tricheur à l'as de carreau

Georges de La Tour, peinture à l'huile (106 cm x 146 cm), 1635.

→ Du texte à l'image p. 95

Mimi Pinson

Affiche du film réalisé par Robert Darène, 1957.

→ Du texte à l'image p. 109

– Mon cher monsieur, il m'est absolument impossible de plaider votre affaire..... il vous manque les pièces les plus importantes...... *(à part)* les pièces de cent sous !.........

Mon cher monsieur...

Lithographie d'Honoré Daumier dans Le Charivari, 1846.

→ Du texte à l'image p. 127

Un mariage de convenance

Lithographie d'Henry Monnier, XIXe siècle.

jeu; est-ce une raison pour se faire moine? L'un n'a plus le sou, l'autre boit de l'eau fraîche; est-ce qu'Élise en perd l'appétit? À qui la faute si le voisin porte sa montre au mont-de-piété[8] pour aller se casser un bras à Montmorency[9]? La voisine n'en est pas manchote. Tu te bats pour Rosalie, on te donne un coup d'épée; elle te tourne le dos, c'est tout simple : en a-t-elle moins fine taille? Ce sont de ces petits inconvénients dont l'existence est parsemée, et ils sont plus rares que tu ne penses. Regarde un dimanche, quand il fait beau temps, que de bonnes paires d'amis dans les cafés, les promenades et les guinguettes[10]! Considère-moi ces gros omnibus[11] bien rebondis, bien bourrés de grisettes, qui vont au Ranelagh[12] ou à Belleville[13]. Compte ce qui sort, un jour de fête seulement, du quartier Saint-Jacques : les bataillons de modistes, les armées de lingères[14], les nuées de marchandes de tabac; tout cela s'amuse, tout cela a ses amours, tout cela va s'abattre autour de Paris, sous les tonnelles des campagnes, comme des volées de friquets[15]. S'il pleut, cela va au mélodrame[16] manger des oranges et pleurer; car cela mange beaucoup, c'est vrai, et pleure aussi très volontiers : c'est ce qui prouve un bon caractère. Mais quel mal font ces pauvres filles, qui ont cousu, bâti, ourlé, piqué et ravaudé[17] toute la semaine, en prêchant d'exemple, le dimanche, l'oubli des maux et l'amour du prochain? Et que peut faire de mieux un honnête homme qui, de son côté, vient de passer huit jours à disséquer des choses peu agréables, que de se débarbouiller la vue en regardant un visage frais, une jambe ronde, et la belle nature?

8. Lieu où on laisse un objet en garantie contre de l'argent.
9. Lieu de promenade.
10. Cafés populaires.
11. Voitures à cheval.
12. Bal public.
13. Quartier célèbre pour ses cabarets.
14. Ouvrières qui confectionnent et vendent des chapeaux (modistes) et de la lingerie (lingères).
15. Moineaux.
16. Théâtre populaire.
17. Termes de couture.

Sépulcres blanchis

Les juifs considéraient les tombeaux comme impurs. On les blanchissait à la chaux pour avertir de ne pas s'en approcher ; le sépulcre, blanc au dehors, était donc impur au dedans. Ici, l'expression signifie « hypocrites ».

– Sépulcres blanchis ! disait Eugène.

– Je dis et maintiens, continuait Marcel, qu'on peut et doit faire l'éloge des grisettes, et qu'un usage modéré en est bon. Premièrement, elles sont vertueuses, car elles passent la journée à confectionner les vêtements les plus indispensables à la pudeur et à la modestie ; en second lieu, elles sont honnêtes, car il n'y a pas de maîtresse lingère ou autre qui ne recommande à ses filles de boutique de parler au monde poliment ; troisièmement, elles sont très soigneuses et très propres, attendu qu'elles ont sans cesse entre les mains du linge et des étoffes qu'il ne faut pas qu'elles gâtent, sous peine d'être moins bien payées ; quatrièmement, elles sont sincères, parce qu'elles boivent du ratafia[1] ; en cinquième lieu, elles sont économes et frugales[2], parce qu'elles ont beaucoup de peine à gagner trente sous, et s'il se trouve des occasions où elles se montrent gourmandes et dépensières, ce n'est jamais avec leurs propres deniers[3] ; sixièmement, elles sont très gaies, parce que le travail qui les occupe est en général ennuyeux à mourir, et qu'elles frétillent comme le poisson dans l'eau dès que l'ouvrage est terminé. Un autre avantage qu'on rencontre en elles, c'est qu'elles ne sont point gênantes, vu qu'elles passent leur vie clouées sur une chaise dont elles ne peuvent pas bouger, et que par conséquent il leur est impossible de courir après leurs amants comme les dames de bonne compagnie. En outre, elles ne sont pas bavardes, parce qu'elles sont obligées de compter leurs points. Elles ne dépensent pas grand'chose pour leurs chaussures, parce qu'elles marchent peu, ni pour

1. Boisson très alcoolisée.
2. Elles mangent peu.
3. Argent.

leur toilette, parce qu'il est rare qu'on leur fasse crédit. Si on les accuse d'inconstance[4], ce n'est pas parce qu'elles lisent de mauvais romans ni par méchanceté naturelle; cela tient au grand nombre de personnes différentes qui passent devant leurs boutiques; d'un autre côté, elles prouvent suffisamment qu'elles sont capables de passions véritables, par la grande quantité d'entre elles qui se jettent journellement dans la Seine ou par la fenêtre, ou qui s'asphyxient dans leurs domiciles. Elles ont, il est vrai, l'inconvénient d'avoir presque toujours faim et soif, précisément à cause de leur grande tempérance[5]; mais il est notoire[6] qu'elles peuvent se contenter, en guise de repas, d'un verre de bière et d'un cigare : qualité précieuse qu'on rencontre bien rarement en ménage. Bref, je soutiens qu'elles sont bonnes, aimables, fidèles et désintéressées, et que c'est une chose regrettable lorsqu'elles finissent à l'hôpital[7].

Lorsque Marcel parlait ainsi, c'était la plupart du temps au café, quand il s'était un peu échauffé la tête; il remplissait alors le verre de son ami, et voulait le faire boire à la santé de mademoiselle Pinson, ouvrière en linge, qui était leur voisine; mais Eugène prenait son chapeau, et, tandis que Marcel continuait à pérorer[8] devant ses camarades, il s'esquivait doucement.

4. Infidélité.
5. Modération.
6. Reconnu.
7. Lieu où mouraient les gens pauvres au XIXe siècle.
8. Faire de grands discours.

II

Mademoiselle Pinson n'était pas précisément ce qu'on appelle une jolie femme. Il y a beaucoup de différence entre une jolie femme et une jolie grisette. Si une jolie femme, reconnue pour telle, et ainsi nommée en langue parisienne, s'avisait de mettre un petit bonnet, une robe de guingamp[1] et un tablier de soie, elle serait tenue, il est vrai, de paraître une jolie grisette. Mais si une grisette s'affuble[2] d'un chapeau, d'un camail[3] de velours et d'une robe de Palmyre[4], elle n'est nullement forcée d'être une jolie femme ; bien au contraire, il est probable qu'elle aura l'air d'un portemanteau, et, en l'ayant, elle sera dans son droit. La différence consiste donc dans les conditions où vivent ces deux êtres, et principalement dans ce morceau de carton roulé, recouvert d'étoffe et appelé chapeau, que les femmes ont jugé à propos de s'appliquer de chaque côté de la tête, à peu près comme les œillères des chevaux. *(Il faut remarquer cependant que les œillères empêchent les chevaux de regarder de côté et d'autre, et que le morceau de carton n'empêche rien du tout.)*

Quoi qu'il en soit, un petit bonnet autorise un nez retroussé, qui, à son tour, veut une bouche bien fendue, à laquelle il faut de belles dents, un visage rond pour cadre. Un visage rond demande des yeux brillants ; le mieux est qu'ils soient le plus noirs possible, et les sourcils à l'avenant[5]. Les cheveux sont *ad libitum*[6], attendu que les yeux noirs s'arrangent de tout. Un tel ensemble, comme on le voit, est loin de la beauté proprement

1. Toile de coton.
2. S'habille avec ridicule.
3. Une courte cape.
4. Célèbre couturière.
5. En accord, c'est-à-dire noirs.
6. Au choix : toute couleur convient.

dite. C'est ce qu'on appelle une figure chiffonnée, figure classique de grisette, qui serait peut-être laide sous le morceau de carton, mais que le bonnet rend parfois charmante, et plus jolie que la beauté. Ainsi était mademoiselle Pinson.

Marcel s'était mis dans la tête qu'Eugène devait faire la cour à cette demoiselle ; pourquoi ? je n'en sais rien, si ce n'est qu'il était lui-même l'adorateur de mademoiselle Zélia, amie intime de mademoiselle Pinson. Il lui semblait naturel et commode d'arranger ainsi les choses à son goût, et de faire amicalement l'amour. De pareils calculs ne sont pas rares, et réussissent assez souvent, l'occasion, depuis que le monde existe, étant, de toutes tentations, la plus forte. Qui peut dire ce qu'ont fait naître d'événements heureux ou malheureux, d'amours, de querelles, de joies ou de désespoirs, deux portes voisines, un escalier secret, un corridor[7], un carreau cassé ?

Certains caractères, pourtant, se refusent à ces jeux du hasard. Ils veulent conquérir leurs jouissances, non les gagner à la loterie, et ne se sentent pas disposés à aimer parce qu'ils se trouvent en diligence[8] à côté d'une jolie femme. Tel était Eugène, et Marcel le savait ; aussi avait-il formé depuis longtemps un projet assez simple, qu'il croyait merveilleux et surtout infaillible[9] pour vaincre la résistance de son compagnon.

Il avait résolu de donner un souper, et ne trouva rien de mieux que de choisir pour prétexte le jour de sa propre fête. Il fit donc apporter chez lui deux douzaines de bouteilles de bière, un gros morceau de veau froid

7. Couloir.
8. Voiture à chevaux servant au transport des voyageurs.
9. Sûr.

avec de la salade, une énorme galette de plomb[1], et une bouteille de vin de Champagne. Il invita d'abord deux étudiants de ses amis, puis il fit savoir à mademoiselle Zélia qu'il y avait le soir gala[2] à la maison, et qu'elle eût à amener mademoiselle Pinson. Elles n'eurent garde d'y manquer[3]. Marcel passait, à juste titre, pour un des talons rouges[4] du quartier Latin, de ces gens qu'on ne refuse pas ; et sept heures du soir venaient à peine de sonner, que les deux grisettes frappaient à la porte de l'étudiant, mademoiselle Zélia en robe courte, en brodequins[5] gris et en bonnet à fleurs, mademoiselle Pinson, plus modeste, vêtue d'une robe noire qui ne la quittait pas, et qui lui donnait, disait-on, une sorte de petit air espagnol dont elle se montrait fort jalouse. Toutes deux ignoraient, on le pense bien, les secrets desseins[6] de leur hôte.

Marcel n'avait pas fait la maladresse d'inviter Eugène d'avance ; il eût été trop sûr d'un refus de sa part. Ce fut seulement lorsque ces demoiselles eurent pris place à table, et après le premier verre vidé, qu'il demanda la permission de s'absenter quelques instants pour aller chercher un convive[7], et qu'il se dirigea vers la maison qu'habitait Eugène ; il le trouva, comme d'ordinaire, à son travail, seul, entouré de ses livres. Après quelques propos insignifiants, il commença à lui faire tout doucement ses reproches accoutumés, qu'il se fatiguait trop, qu'il avait tort de ne prendre aucune distraction, puis il lui proposa un tour de promenade. Eugène, un peu las, en effet, ayant étudié toute la journée, accepta ; les deux jeunes gens sortirent ensemble, et il ne fut pas difficile

1. Gâteau d'origine paysanne.
2. Fête.
3. Elles ne manquèrent pas d'être là.
4. Personnes élégantes. Nom donné aux nobles du XVIIIe siècle qui portaient de hauts talons rouges.
5. Grosses chaussures inélégantes.
6. Projets.
7. Invité.

à Marcel, après quelques tours d'allée au Luxembourg, d'obliger son ami à entrer chez lui.

Les deux grisettes, restées seules, et ennuyées probablement d'attendre, avaient débuté par se mettre à l'aise ; elles avaient ôté leurs châles et leurs bonnets, et dansaient en chantant une contredanse, non sans faire, de temps en temps, honneur aux provisions, par manière d'essai. Les yeux déjà brillants et le visage animé, elles s'arrêtèrent joyeuses et un peu essoufflées, lorsque Eugène les salua d'un air à la fois timide et surpris. Attendu ses mœurs solitaires[8], il était à peine connu d'elles ; aussi l'eurent-elles bientôt dévisagé des pieds à la tête avec cette curiosité intrépide[9] qui est le privilège de leur caste[10] ; puis elles reprirent leur chanson et leur danse, comme si de rien n'était. Le nouveau venu, à demi déconcerté, faisait déjà quelques pas en arrière, songeant peut-être à la retraite[11], lorsque Marcel, ayant fermé la porte à double tour, jeta bruyamment la clef sur la table.

– Personne encore ! s'écria-t-il. Que font donc nos amis ? Mais n'importe, le sauvage[12] nous appartient. Mesdemoiselles, je vous présente le plus vertueux jeune homme de France et de Navarre, qui désire depuis longtemps avoir l'honneur de faire votre connaissance, et qui est, particulièrement, grand admirateur de mademoiselle Pinson.

La contredanse s'arrêta de nouveau ; mademoiselle Pinson fit un léger salut, et reprit son bonnet.

– Eugène ! s'écria Marcel, c'est aujourd'hui ma fête ; ces deux dames ont bien voulu venir la célébrer avec

8. Étant donné ses habitudes de solitaire.
9. Audacieuse.
10. Classe sociale.
11. À s'en aller.
12. Sorte de vin.

nous. Je t'ai presque amené de force, c'est vrai; mais j'espère que tu resteras de bon gré[1], à notre commune prière. Il est à présent huit heures à peu près; nous avons le temps de fumer une pipe en attendant que l'appétit nous vienne.

Parlant ainsi, il jeta un regard significatif à mademoiselle Pinson, qui, le comprenant aussitôt, s'inclina une seconde fois en souriant, et dit d'une voix douce à Eugène : – Oui, monsieur, nous vous en prions.

En ce moment les deux étudiants que Marcel avait invités frappèrent à la porte. Eugène vit qu'il n'y avait pas moyen de reculer sans trop de mauvaise grâce, et, se résignant, prit place avec les autres.

III

Le souper fut long et bruyant. Ces messieurs, ayant commencé par remplir la chambre d'un nuage de fumée, buvaient d'autant pour se rafraîchir. Ces dames, faisaient les frais de[2] la conversation, et égayaient la compagnie de propos plus ou moins piquants[3] aux dépens de leurs amis et connaissances, et d'aventures plus ou moins croyables, tirées des arrière-boutiques. Si la matière[4] manquait de vraisemblance, du moins n'était-elle pas stérile. Deux clercs d'avoué[5], à les en croire, avaient gagné vingt mille francs en jouant sur les fonds espagnols[6], et les avaient mangés[7] en six semaines avec deux marchandes de

1. Volontiers.
2. Animaient.
3. Moqueurs.
4. Le contenu de la conversation.
5. Employés dans un cabinet de juriste.
6. En jouant en Bourse.
7. Dépensés.

gants. Le fils d'un des plus riches banquiers de Paris avait proposé à une célèbre lingère une loge à l'Opéra et une maison de campagne qu'elle avait refusées, aimant mieux soigner ses parents et rester fidèle à un commis[8] des Deux-Magots[9]. Certain personnage qu'on ne pouvait nommer, et qui était forcé par son rang à s'envelopper du plus grand mystère, venait incognito rendre visite à une brodeuse du passage du Pont-Neuf, laquelle avait été enlevée tout à coup par ordre supérieur, mise dans une chaise de poste[10] à minuit, avec un portefeuille plein de billets de banque, et envoyée aux États-Unis, etc.

– Suffit, dit Marcel, nous connaissons cela. Zélia improvise, et, quant à mademoiselle Mimi *(ainsi s'appelait mademoiselle Pinson en petit comité)*, ses renseignements sont imparfaits. Vos clercs d'avoué n'ont gagné qu'une entorse en voltigeant sur les ruisseaux ; votre banquier a offert une orange, et votre brodeuse est si peu aux États-Unis, qu'elle est visible tous les jours, de midi à quatre heures, à l'hôpital de la Charité[11], où elle a pris un logement par suite de manque de comestibles[12].

Eugène était assis auprès de mademoiselle Pinson. Il crut remarquer, à ce dernier mot, prononcé avec une indifférence complète, qu'elle pâlissait. Mais, presque aussitôt, elle se leva, alluma une cigarette, et s'écria d'un air délibéré[13] :

– Silence à votre tour ! Je demande la parole. Puisque le sieur Marcel ne croit pas aux fables, je vais raconter une histoire véritable, *et quorum pars magna fui*[14].

8. Employé de commerce.
9. Célèbre magasin de nouveautés.
10. Voiture de transport rapide.
11. Foyer pour les pauvres.
12. Nourriture.
13. Décidé.
14. « Et où j'ai joué un grand rôle » (Virgile, *Énéide*).

– Vous parlez latin ? dit Eugène.

– Comme vous voyez, répondit mademoiselle Pinson ; cette sentence me vient de mon oncle, qui a servi sous le grand Napoléon, et qui n'a jamais manqué de la dire avant de réciter une bataille. Si vous ignorez ce que ces mots signifient, vous pouvez l'apprendre sans payer. Cela veut dire : « Je vous en donne ma parole d'honneur. » Vous saurez donc que, la semaine passée, je m'étais rendue, avec deux de mes amies, Blanchette et Rougette, au théâtre de l'Odéon…

– Attendez que je coupe la galette, dit Marcel.

– Coupez, mais écoutez, reprit mademoiselle Pinson. J'étais donc allée avec Blanchette et Rougette à l'Odéon, voir une tragédie. Rougette, comme vous savez, vient de perdre sa grand'mère ; elle a hérité de quatre cents francs. Nous avions pris une baignoire[1] ; trois étudiants se trouvaient au parterre ; ces jeunes gens nous avisèrent[2] et, sous prétexte que nous étions seules, nous invitèrent à souper.

– De but en blanc[3] ? demanda Marcel ; en vérité, c'est très galant. Et vous avez refusé, je suppose ?

– Non, monsieur, dit mademoiselle Pinson ; nous acceptâmes, et, à l'entr'acte, sans attendre la fin de la pièce, nous nous transportâmes chez Viot[4].

– Avec vos cavaliers ?

– Avec nos cavaliers. Le garçon commença, bien entendu, par nous dire qu'il n'y avait plus rien ; mais une pareille inconvenance n'était pas faite pour nous arrêter. Nous ordonnâmes qu'on allât par la ville chercher ce qui pouvait manquer. Rougette prit la plume,

Le souper

Repas pris dans la nuit à la suite d'un spectacle. Les soupers étaient à la mode dans l'univers parisien de la fête et des plaisirs ; on y dégustait des mets raffinés : fruits de mer, crustacés, pâtisseries.

1. Loge dans un théâtre.
2. Aperçurent.
3. Directement, sans détour.
4. Restaurant à bas prix.

et commanda un festin de noces : des crevettes, une omelette au sucre, des beignets, des moules, des œufs à la neige, tout ce qu'il y a dans le monde des marmites. Nos jeunes inconnus, à dire vrai, faisaient légèrement la grimace…

– Je le crois parbleu[5] bien ! dit Marcel.

– Nous n'en tînmes compte. La chose apportée, nous commençâmes à faire les jolies femmes. Nous ne trouvions rien de bon, tout nous dégoûtait. À peine un plat était-il entamé, que nous le renvoyions pour en demander un autre. – Garçon, emportez cela. Ce n'est pas tolérable. Où avez-vous pris des horreurs pareilles ? – Nos inconnus désirèrent manger, mais il ne leur fut pas loisible[6]. Bref, nous soupâmes comme dînait Sancho[7], et la colère nous porta même à briser quelques ustensiles.

– Belle conduite ! et comment payer ?

– Voilà précisément la question que les trois inconnus s'adressèrent. Par l'entretien qu'ils eurent à voix basse, l'un d'eux nous parut posséder six francs, l'autre infiniment moins, et le troisième n'avait que sa montre, qu'il tira généreusement de sa poche. En cet état, les trois infortunés se présentèrent au comptoir, dans le but d'obtenir un délai quelconque. Que pensez-vous qu'on leur répondit ?

– Je pense, répliqua Marcel, que l'on vous a gardées en gage[8], et qu'on les a conduits au violon[9].

– C'est une erreur, dit mademoiselle Pinson. Avant de monter dans le cabinet[10], Rougette avait pris ses mesures, et tout était payé d'avance. Imaginez le coup

5. Ancienne exclamation.
6. Possible.
7. Très légèrement, par référence au personnage du valet dans *Don Quichotte*, roman de Cervantès.
8. Comme garantie de paiement.
9. En prison.
10. Petit salon privé dans un café.

de théâtre, à cette réponse de Viot : – Messieurs, tout est payé ! – Nos inconnus nous regardèrent comme jamais trois chiens n'ont regardé trois évêques, avec une stupéfaction piteuse[1] mêlée d'un pur attendrissement. Nous, cependant, sans feindre d'y prendre garde, nous descendîmes et fîmes venir un fiacre. – Chère marquise, me dit Rougette, il faut reconduire ces messieurs chez eux. – Volontiers, chère comtesse, répondis-je. Nos pauvres amoureux ne savaient plus quoi dire. Je vous demande s'ils étaient penauds[2] ! Ils se défendaient de notre politesse, ils ne voulaient pas qu'on les reconduisît, ils refusaient de dire leur adresse… Je le crois bien ! Ils étaient convaincus qu'ils avaient affaire à des femmes du monde, et ils demeuraient rue du Chat-Qui-Pêche[3] !…

Les deux étudiants, amis de Marcel, qui, jusque-là, n'avaient guère fait que fumer et boire en silence, semblèrent peu satisfaits de cette histoire. Leurs visages se rembrunirent[4] ; peut-être en savaient-ils autant que mademoiselle Pinson sur ce malencontreux souper, car ils jetèrent sur elle un regard inquiet, lorsque Marcel lui dit en riant :

– Nommez les masques[5], mademoiselle Mimi. Puisque c'est de la semaine dernière, il n'y a plus d'inconvénient.

– Jamais, monsieur, dit la grisette. On peut berner[6] un homme, mais lui faire tort dans sa carrière, jamais !

– Vous avez raison, dit Eugène, et vous agissez en cela plus sagement peut-être que vous ne pensez. De tous ces jeunes gens qui peuplent les écoles, il n'y en a presque pas un seul qui n'ait derrière lui quelque faute ou quelque folie, et cependant c'est de là que sortent

1. Gênée.
2. Embarrassés.
3. Rue étroite et sombre, dans le quartier Latin.
4. Devinrent tristes.
5. Donnez les noms.
6. Tromper.

tous les jours ce qu'il y a en France de plus distingué et de plus respectable : des médecins, des magistrats…

– Oui, reprit Marcel, c'est la vérité. Il y a des pairs de France en herbe[7] qui dînent chez Flicoteaux[8], et qui n'ont pas toujours de quoi payer la carte. Mais, ajouta-t-il en clignant de l'œil, n'avez-vous pas revu vos inconnus ?

– Pour qui nous prenez-vous ? répondit mademoiselle Pinson d'un air sérieux et presque offensé. Connaissez-vous Blanchette et Rougette ? et supposez-vous que moi-même…

– C'est bon, dit Marcel, ne vous fâchez pas. Mais voilà, en somme, une belle équipée[9]. Trois écervelées qui n'avaient peut-être pas de quoi dîner le lendemain, et qui jettent l'argent par les fenêtres pour le plaisir de mystifier[10] trois pauvres diables qui n'en peuvent mais[11] !

– Pourquoi nous invitent-ils à souper ? répondit mademoiselle Pinson.

IV

Avec la galette parut, dans sa gloire, l'unique bouteille de vin de Champagne qui devait composer le dessert. Avec le vin on parla chanson. – Je vois, dit Marcel, je vois, comme dit Cervantès[12], Zélia qui tousse ; c'est signe qu'elle veut chanter. Mais, si ces messieurs le trouvent bon, c'est moi qu'on fête, et qui par conséquent prie mademoiselle Mimi, si elle n'est pas enrouée par

7. Futurs hommes politiques importants.
8. Restaurant très bon marché.
9. Aventure.
10. Tromper.
11. Sans défense.
12. Célèbre écrivain espagnol (1547-1616), auteur de *Don Quichotte*.

son anecdote, de nous honorer d'un couplet. Eugène, continua-t-il, sois donc un peu galant, trinque avec ta voisine, et demande-lui un couplet pour moi.

Eugène rougit et obéit. De même que mademoiselle Pinson n'avait pas dédaigné de le faire pour l'engager lui-même à rester, il s'inclina, et lui dit timidement :

– Oui, mademoiselle, nous vous en prions.

En même temps il souleva son verre, et toucha celui de la grisette. De ce léger choc sortit un son clair et argentin[1] ; mademoiselle Pinson saisit cette note au vol, et d'une voix pure et fraîche la continua longtemps en cadence.

– Allons, dit-elle, j'y consens, puisque mon verre me donne le *la*. Mais que voulez-vous que je vous chante ? Je ne suis pas bégueule[2], je vous en préviens, mais je ne sais pas de couplets de corps de garde[3]. Je ne m'encanaille[4] pas la mémoire !

– Connu, dit Marcel, vous êtes une vertu ; allez votre train[5], les opinions sont libres.

– Eh bien ! reprit mademoiselle Pinson, je vais vous chanter à la bonne venue[6] des couplets qu'on a faits sur moi.

– Attention ! Quel est l'auteur ?

– Mes camarades du magasin. C'est de la poésie faite à l'aiguille ; ainsi je réclame l'indulgence.

– Y a-t-il un refrain à votre chanson ?

– Certainement ; la belle demande !

– En ce cas-là, dit Marcel, prenons nos couteaux, et, au refrain, tapons sur la table, mais tâchons d'aller en mesure. Zélia peut s'abstenir si elle veut.

1. Pur.
2. Facilement choquée.
3. Chansons grossières.
4. Je ne m'encombre pas la mémoire de choses vulgaires.
5. Faites comme vous voulez.
6. Comme cela me vient.

– Pourquoi cela, malhonnête garçon ? demanda Zélia en colère.

– Pour cause, répondit Marcel ; mais, si vous désirez être de la partie, tenez, frappez avec un bouchon, cela aura moins d'inconvénients pour nos oreilles et pour vos blanches mains.

Marcel avait rangé en rond les verres et les assiettes, et s'était assis au milieu de la table, son couteau à la main. Les deux étudiants du souper de Rougette, un peu ragaillardis, ôtèrent le fourneau[7] de leurs pipes pour frapper avec le tuyau de bois ; Eugène rêvait, Zélia boudait. Mademoiselle Pinson prit une assiette, et fit signe qu'elle voulait la casser, ce à quoi Marcel répondit par un geste d'assentiment[8], en sorte que la chanteuse, ayant pris les morceaux pour s'en faire des castagnettes, commença ainsi les couplets que ses compagnes avaient composés, après s'être excusée d'avance de ce qu'ils pouvaient contenir de trop flatteur pour elle :

Mimi Pinson est une blonde,
Une blonde que l'on connaît.
Elle n'a qu'une robe au monde,
Landerirette !
Et qu'un bonnet.
Le Grand Turc en a davantage.
Dieu voulut, de cette façon,
La rendre sage.
On ne peut pas la mettre en gage[9]*,*
La robe de Mimi Pinson.

7. Partie de la pipe où brûle le tabac.
8. Accord.
9. L'échanger en garantie contre de l'argent.

Mimi Pinson porte une rose,
Une rose blanche au côté.
Cette fleur dans son cœur éclose,
Landerirette !
C'est la gaieté.
Quand un bon souper la réveille,
Elle fait sortir sa chanson
De la bouteille.
Parfois il penche sur l'oreille,
Le bonnet de Mimi Pinson.

Elle a les yeux et la main prestes[1]*.*
Les carabins[2]*, matin et soir,*
Usent les manches de leurs vestes,
Landerirette !
À son comptoir.
Quoique sans maltraiter personne,
Mimi leur fait mieux la leçon
Qu'à la Sorbonne[3]*.*
Il ne faut pas qu'on la chiffonne,
La robe de Mimi Pinson.

Mimi Pinson peut rester fille[4] *;*
Si Dieu le veut, c'est dans son droit.
Elle aura toujours son aiguille,
Landerirette !
Au bout du doigt.
Pour entreprendre sa conquête,
Ce n'est pas tout qu'un beau garçon :
Faut être honnête.

1. Vifs.
2. Étudiants en médecine.
3. Université parisienne.
4. Célibataire.

Car il n'est pas loin de sa tête,
Le bonnet de Mimi Pinson[5].

D'un gros bouquet de fleurs d'orange[6]
Si l'Amour veut la couronner,
Elle a quelque chose en échange,
Landerirette !
À lui donner.
Ce n'est pas, on se l'imagine,
Un manteau sur un écusson[7]
Fourré d'hermine[8] ;
C'est l'étui d'une perle fine,
La robe de Mimi Pinson.

Mimi n'a pas l'âme vulgaire[9],
Mais son cœur est républicain.
Aux trois jours elle a fait la guerre,
Landerirette !
En casaquin[10].
À défaut d'une hallebarde[11],
On l'a vue avec son poinçon[12]
Monter la garde.
Heureux qui mettra sa cocarde[13]
Au bonnet de Mimi Pinson !

Les couteaux et les pipes, voire même les chaises, avaient fait leur tapage, comme de raison, à la fin de chaque couplet. Les verres dansaient sur la table, et les bouteilles, à moitié pleines, se balançaient joyeusement en se donnant de petits coups d'épaule.

Les Trois Glorieuses

Les 27, 28 et 29 juillet 1830, le peuple de Paris se soulève contre le roi de France Charles X et dresse des barricades dans les rues. C'est la « révolution de Juillet ». Le monarque fuit et Louis-Philippe Ier, « roi des Français », lui succède.

5. Elle est coléreuse.
6. Bouquet de mariée.
7. Marque de noblesse.
8. Fourrure.
9. Basse, au sens moral.
10. Blouse.
11. Pique munie d'un fer tranchant et pointu.
12. Tige métallique pointue.
13. Insigne tricolore, emblème des révolutionnaires.

– Et ce sont vos bonnes amies, dit Marcel, qui vous ont fait cette chanson-là ? il y a un teinturier, c'est trop musqué[1]. Parlez-moi de ces bons airs où on dit les choses !

Et il entonna d'une voix forte :

Nanette n'avait pas encor[2] quinze ans…

– Assez, assez, dit mademoiselle Pinson ; dansons plutôt, faisons un tour de valse. Y a-t-il ici un musicien quelconque ?

– J'ai ce qu'il vous faut, répondit Marcel ; j'ai une guitare ; mais, continua-t-il en décrochant l'instrument, ma guitare n'a pas ce qu'il lui faut ; elle est chauve de trois de ses cordes.

– Mais voilà un piano, dit Zélia ; Marcel va nous faire danser.

Marcel lança à sa maîtresse un regard aussi furieux que si elle l'eût accusé d'un crime. Il était vrai qu'il en savait assez pour jouer une contredanse ; mais c'était pour lui, comme pour bien d'autres, une espèce de torture à laquelle il se soumettait peu volontiers. Zélia, en le trahissant, se vengeait du bouchon.

– Êtes-vous folle ? dit Marcel ; vous savez bien que ce piano n'est là que pour la gloire, et qu'il n'y a que vous qui l'écorchiez, Dieu le sait. Où avez-vous pris que je sache faire danser ? Je ne sais que *la Marseillaise*, que je joue d'un seul doigt. Si vous vous adressiez à Eugène, à la bonne heure ; voilà un garçon qui s'y entend[3] ! Mais je ne veux pas l'ennuyer à ce point, je m'en garderai

1. Maniéré.
2. « Encore », orthographe poétique.
3. S'y connaît.

bien. Il n'y a que vous ici d'assez indiscrète pour faire des choses pareilles sans crier gare[4].

Pour la troisième fois, Eugène rougit, et s'apprêta à faire ce qu'on lui demandait d'une façon si politique[5] et si détournée. Il se mit donc au piano, et un quadrille s'organisa.

Ce fut presque aussi long que le souper. Après la contredanse vint une valse; après la valse, le galop, car on galope encore au quartier Latin. Ces dames surtout étaient infatigables, et faisaient des gambades et des éclats de rire à réveiller tout le voisinage. Bientôt Eugène, doublement fatigué par le bruit et par la veillée, tomba, tout en jouant machinalement, dans une sorte de demi-sommeil, comme les postillons[6] qui dorment à cheval. Les danseuses passaient et repassaient devant lui comme des fantômes dans un rêve; et, comme rien n'est plus aisément triste qu'un homme qui regarde rire les autres, la mélancolie, à laquelle il était sujet, ne tarda pas à s'emparer de lui : – Triste joie, pensait-il, misérables plaisirs! instants qu'on croit volés au malheur! Et qui sait laquelle de ces cinq personnes qui sautent si gaiement devant moi est sûre, comme disait Marcel, d'avoir de quoi dîner demain?

Comme il faisait cette réflexion, mademoiselle Pinson passa près de lui; il crut la voir, tout en galopant, prendre à la dérobée un morceau de galette restée sur la table, et le mettre discrètement dans sa poche.

Les danses de salon

Les danses de salon sont très populaires au XIXe siècle :
– **la contredanse**, d'origine anglaise, se danse sur des airs gais et très simples.
Dans **le quadrille**, autre forme de la contredanse, les couples exécutent des figures;
– sur **la valse**, le couple tourne sur lui-même tout en se déplaçant;
– enfin, **le galop** est une danse très rapide, où le couple exécute des pas chassés autour de la pièce.

4. Sans prévenir.
5. Adroite.
6. Cochers.

V

Le jour commençait à paraître quand la compagnie se sépara. Eugène, avant de rentrer chez lui, marcha quelque temps dans les rues pour respirer l'air frais du matin. Suivant toujours ses tristes pensées, il se répétait tout bas, malgré lui, la chanson de la grisette :

Elle n'a qu'une robe au monde
Et qu'un bonnet.

– Est-ce possible ? se demandait-il. La misère peut-elle être poussée à ce point, se montrer si franchement, et se railler[1] d'elle-même ? Peut-on rire de ce qu'on manque de pain ?

Le morceau de galette emporté n'était pas un indice douteux. Eugène ne pouvait s'empêcher d'en sourire, et en même temps d'être ému de pitié. – Cependant, pensait-il encore, elle a pris de la galette et non du pain ; il se peut que ce soit par gourmandise. Qui sait ? c'est peut-être l'enfant d'une voisine à qui elle veut rapporter un gâteau, peut-être une portière[2] bavarde, qui raconterait qu'elle a passé la nuit dehors, un Cerbère[3] qu'il faut apaiser.

Ne regardant pas où il allait, Eugène s'était engagé par hasard dans ce dédale de petites rues qui sont derrière le carrefour Bucy, et dans lesquelles une voiture passe à peine. Au moment où il allait revenir sur ses pas, une femme, enveloppée dans un mauvais[4] peignoir, la tête nue, les cheveux en désordre, pâle et

1. Se moquer.
2. Concierge.
3. Allusion au chien de garde des Enfers dans l'Antiquité, auquel on lançait un gâteau pour l'apaiser.
4. De mauvaise qualité.

défaite[5], sortit d'une vieille maison. Elle semblait tellement faible qu'elle pouvait à peine marcher ; ses genoux fléchissaient ; elle s'appuyait sur les murailles, et paraissait vouloir se diriger vers une porte voisine, où se trouvait une boîte aux lettres, pour y jeter un billet[6] qu'elle tenait à la main. Surpris et effrayé, Eugène s'approcha d'elle et lui demanda où elle allait, ce qu'elle cherchait, et s'il pouvait l'aider. En même temps il étendit le bras pour la soutenir, car elle était près de tomber sur une borne. Mais, sans lui répondre, elle recula avec une sorte de crainte et de fierté. Elle posa son billet sur une borne, montra du doigt la boîte et, paraissant rassembler toutes ses forces : – Là ! dit-elle seulement ; puis, continuant à se traîner aux murs, elle regagna sa maison. Eugène essaya en vain de l'obliger à prendre son bras et de renouveler ses questions. Elle rentra lentement dans l'allée sombre et étroite dont elle était sortie.

Eugène avait ramassé la lettre ; il fit d'abord quelques pas pour la mettre à la poste, mais il s'arrêta bientôt. Cette étrange rencontre l'avait si fort troublé, et il se sentait frappé d'une sorte d'horreur mêlée d'une compassion[7] si vive, que, avant de prendre le temps de la réflexion, il rompit le cachet[8] presque involontairement. Il lui semblait odieux et impossible de ne pas chercher, n'importe par quel moyen, à pénétrer un tel mystère. Évidemment cette femme était mourante ; était-ce de maladie ou de faim ? Ce devait être, en tout cas, de misère. Eugène ouvrit la lettre ; elle portait sur l'adresse : « À monsieur le baron de *** », et renfermait ce qui suit :

5. Abattue.
6. Une lettre.
7. Pitié.
8. Ouvrit la lettre.

« Lisez cette lettre, monsieur, et, par pitié, ne rejetez pas ma prière. Vous pouvez me sauver, et vous seul. Croyez ce que je vous dis, sauvez-moi, et vous aurez fait une bonne action, qui vous portera bonheur. Je viens de faire une cruelle maladie, qui m'a ôté le peu de force et de courage que j'avais. Le mois d'août, je rentre en magasin[1]; mes effets[2] sont retenus dans mon dernier logement, et j'ai presque la certitude qu'avant samedi je me trouverai tout à fait sans asile[3]. J'ai si peur de mourir de faim, que ce matin j'avais pris la résolution de me jeter à l'eau, car je n'ai rien pris encore depuis près de vingt-quatre heures. Lorsque je me suis souvenue de vous, un peu d'espoir m'est venu au cœur. N'est-ce pas que je ne me suis pas trompée ? Monsieur, je vous en supplie à genoux, si peu que vous ferez pour moi me laissera respirer encore quelques jours. Moi, j'ai peur de mourir, et puis je n'ai que vingt-trois ans ! Je viendrai peut-être à bout, avec un peu d'aide, d'atteindre le premier du mois. Si je savais des mots pour exciter votre pitié, je vous les dirais, mais rien ne me vient à l'idée. Je ne puis que pleurer de mon impuissance, car, je le crains bien, vous ferez de ma lettre comme on fait quand on en reçoit trop souvent de pareilles : vous la déchirerez sans penser qu'une pauvre femme est là, qui attend les heures et les minutes avec l'espoir que vous aurez pensé qu'il serait par trop cruel de la laisser dans l'incertitude. Ce n'est pas l'idée de donner un louis[4], qui est si peu de chose pour vous, qui vous retiendra, j'en suis persuadée ; aussi il me semble que rien ne vous est plus

1. Je vais travailler.
2. Mes affaires.
3. Abri.
4. Une pièce d'or (somme importante).

facile que de plier votre aumône[5] dans un papier, et de mettre sur l'adresse : « À mademoiselle Bertin, rue de l'Éperon. » J'ai changé de nom depuis que je travaille dans les magasins, car le mien est celui de ma mère. En sortant de chez vous, donnez cela à un commissionnaire[6]. J'attendrai mercredi et jeudi, et je prierai avec ferveur pour que Dieu vous rende humain.

« Il me vient à l'idée que vous ne croyez pas à tant de misère ; mais si vous me voyiez, vous seriez convaincu.

« Rougette. »

Si Eugène avait d'abord été touché en lisant ces lignes, son étonnement redoubla, on le pense bien, lorsqu'il vit la signature. Ainsi c'était cette même fille qui avait follement dépensé son argent en parties de plaisir, et imaginé ce souper ridicule raconté par mademoiselle Pinson, c'était elle que le malheur réduisait à cette souffrance et à une semblable prière ! Tant d'imprévoyance et de folie semblait à Eugène un rêve incroyable. Mais point de doute, la signature était là ; et mademoiselle Pinson, dans le courant de la soirée, avait également prononcé le nom de guerre[7] de son amie Rougette, devenue mademoiselle Bertin. Comment se trouvait-elle tout à coup abandonnée, sans secours, sans pain, presque sans asile ? Que faisaient ses amies de la veille, pendant qu'elle expirait[8] peut-être dans quelque grenier de cette maison ? Et qu'était-ce que cette maison même où l'on pouvait mourir ainsi ?

Ce n'était pas le moment de faire des conjectures[9] ; le plus pressé était de venir au secours de la faim.

5. Don.
6. Garçon chargé des livraisons.
7. Surnom pour cacher la véritable identité.
8. Mourait.
9. Suppositions.

Eugène commença par entrer dans la boutique d'un restaurateur qui venait de s'ouvrir, et par acheter ce qu'il y put trouver. Cela fait, il s'achemina, suivi du garçon, vers le logis de Rougette ; mais il éprouvait de l'embarras à se présenter brusquement ainsi. L'air de fierté qu'il avait trouvé à cette pauvre fille lui faisait craindre, sinon un refus, du moins un mouvement de vanité[1] blessée ; comment lui avouer qu'il avait lu sa lettre ?

Lorsqu'il fut arrivé devant la porte :

– Connaissez-vous, dit-il au garçon, une jeune personne qui demeure dans cette maison, et qui s'appelle mademoiselle Bertin ?

– Oh que oui, monsieur ! répondit le garçon. C'est nous qui portons[2] habituellement chez elle. Mais si monsieur y va, ce n'est pas le jour. Actuellement elle est à la campagne.

– Qui vous l'a dit ? demanda Eugène.

– Pardi, monsieur ! c'est la portière. Mademoiselle Rougette aime à bien dîner, mais elle n'aime pas beaucoup à payer. Elle a plus tôt fait de commander des poulets rôtis et des homards que rien du tout ; mais pour voir son argent, ce n'est pas une fois qu'il faut y retourner. Aussi nous savons, dans le quartier, quand elle y est ou quand elle n'y est pas…

– Elle est revenue, reprit Eugène. Montez chez elle, laissez-lui ce que vous portez, et si elle vous doit quelque chose, ne lui demandez rien aujourd'hui. Cela me regarde, et je reviendrai. Si elle veut savoir qui lui envoie ceci, vous lui répondrez que c'est le baron de ***.

1. Fierté.
2. Livrons.

Sur ces mots, Eugène s'éloigna. Chemin faisant, il rajusta comme il put le cachet de la lettre, et la mit à la poste. – Après tout, pensa-t-il, Rougette ne refusera pas, et si elle trouve que la réponse à son billet a été un peu prompte[3], elle s'en expliquera avec son baron.

VI

Les étudiants, non plus que les grisettes, ne sont pas riches tous les jours. Eugène comprenait très bien que, pour donner un air de vraisemblance à la petite fable[4] que le garçon devait faire, il eût fallu joindre à son envoi le louis que demandait Rougette ; mais là était la difficulté. Les louis ne sont pas précisément la monnaie courante de la rue Saint-Jacques[5]. D'une autre part, Eugène venait de s'engager à payer le restaurateur, et, par malheur, son tiroir, en ce moment, n'était guère mieux garni que sa poche. C'est pourquoi il prit sans différer[6] le chemin de la place du Panthéon.

En ce temps-là, demeurait encore sur cette place ce fameux barbier[7] qui a fait banqueroute[8], et s'est ruiné en ruinant les autres. Là, dans l'arrière-boutique, où se faisait en secret la grande et la petite usure[9], venait tous les jours l'étudiant pauvre et sans souci, amoureux peut-être, emprunter à énorme intérêt quelques pièces dépensées gaiement le soir, et chèrement payées le lendemain. Là entrait furtivement la grisette, la tête basse, le regard honteux, venant louer pour une partie de

3. Rapide.
4. Au petit mensonge.
5. Dans le quartier des étudiants.
6. Sans attendre.
7. Coiffeur pour hommes.
8. Faillite.
9. Prêt d'argent à un taux excessif et illégal.

campagne un chapeau fané, un châle reteint, une chemise achetée au mont-de-piété. Là, des jeunes gens de bonne maison[1], ayant besoin de vingt-cinq louis, souscrivaient pour deux ou trois mille francs de lettres de change[2]. Des mineurs mangeaient leur bien en herbe[3] ; des étourdis ruinaient leur famille, et souvent perdaient leur avenir. Depuis la courtisane titrée[4], à qui un bracelet tourne la tête, jusqu'au cuistre nécessiteux[5] qui convoite un bouquin ou un plat de lentilles, tout venait là comme aux sources du Pactole, et l'usurier barbier, fier de sa clientèle et de ses exploits jusqu'à s'en vanter, entretenait la prison de Clichy[6] en attendant qu'il y allât lui-même.

Telle était la triste ressource à laquelle Eugène, bien qu'avec répugnance, allait avoir recours pour obliger[7] Rougette, ou pour être du moins en mesure de le faire ; car il ne lui semblait pas prouvé que la demande adressée au baron produisît l'effet désirable. C'était de la part d'un étudiant beaucoup de charité, à vrai dire, que de s'engager ainsi pour une inconnue ; mais Eugène croyait en Dieu : toute bonne action lui semblait nécessaire.

Le premier visage qu'il aperçut, en entrant chez le barbier, fut celui de son ami Marcel, assis devant une toilette[8], une serviette au cou, et feignant[9] de se faire coiffer. Le pauvre garçon venait peut-être chercher de quoi payer son souper de la veille ; il semblait fort préoccupé, et fronçait les sourcils d'un air peu satisfait, tandis que le coiffeur, feignant de son côté de lui passer dans les cheveux un fer[10] parfaitement froid, lui par-

Le Pactole

Petite rivière de Lydie, célèbre pour les paillettes d'or qu'elle contenait, à l'origine de la légendaire richesse de Crésus. Un pactole désigne familièrement une source d'enrichissement facile.

1. De bonne famille.
2. Reconnaissances de dettes.
3. Dépensaient leur futur héritage.
4. Mariée à un noble.
5. Homme snob et pauvre.
6. Prison pour dettes.
7. Secourir.
8. Un meuble de toilette.
9. Faisant semblant.
10. Fer à friser.

lait à demi-voix dans son accent gascon. Devant une autre toilette, dans un petit cabinet, se tenait assis, également affublé d'une serviette, un étranger fort inquiet, regardant sans cesse de côté et d'autre, et, par la porte entr'ouverte de l'arrière-boutique, on apercevait, dans une vieille psyché[11], la silhouette passablement maigre d'une jeune fille, qui, aidée de la femme du coiffeur, essayait une robe à carreaux écossais.

11. Miroir.

Illustration de F. Courboin pour *Mimi Pinson*, 1899.

– Que viens-tu faire ici à cette heure ? s'écria Marcel dont la figure reprit l'expression de sa bonne humeur habituelle, dès qu'il reconnut son ami.

Eugène s'assit près de la toilette, et expliqua en peu de mots la rencontre qu'il avait faite, et le dessein qui l'amenait.

– Ma foi, dit Marcel, tu es bien candide[1]. De quoi te mêles-tu, puisqu'il y a un baron ? Tu as vu une jeune fille intéressante qui éprouvait le besoin de prendre quelque nourriture ; tu lui as payé un poulet froid, c'est digne de toi ; il n'y a rien à dire. Tu n'exiges d'elle aucune reconnaissance, l'incognito[2] te plaît ; c'est héroïque. Mais aller plus loin, c'est de la chevalerie. Engager[3] sa montre ou sa signature pour une lingère que protège un baron et que l'on n'a pas l'honneur de fréquenter, cela ne s'est pratiqué, de mémoire humaine, que dans la Bibliothèque bleue[4].

– Ris de moi si tu veux, répondit Eugène. Je sais qu'il y a dans ce monde beaucoup plus de malheureux que je n'en puis soulager. Ceux que je ne connais pas, je les plains ; mais si j'en vois un, il faut que je l'aide. Il m'est impossible, quoi que je fasse, de rester indifférent devant la souffrance. Ma charité ne va pas jusqu'à chercher les pauvres, je ne suis pas assez riche pour cela ; mais quand je les trouve, je fais l'aumône.

– En ce cas, reprit Marcel, tu as fort à faire ; il n'en manque pas dans ce pays-ci.

– Qu'importe ! dit Eugène, encore ému du spectacle dont il venait d'être témoin ; vaut-il mieux laisser mourir les gens et passer son chemin ? Cette malheureuse

1. Naïf.
2. L'identité secrète.
3. Déposer en garantie contre une somme d'argent.
4. Collection de romans de chevalerie, célèbre à l'époque.

est une étourdie, une folle, tout ce que tu voudras ; elle ne mérite peut-être pas la compassion qu'elle fait naître ; mais cette compassion, je la sens. Vaut-il mieux agir comme ses bonnes amies qui déjà ne semblent pas plus se soucier d'elle que si elle n'était plus au monde, et qui l'aidaient hier à se ruiner ? À qui peut-elle avoir recours ? à un étranger qui allumera un cigare avec sa lettre, ou à mademoiselle Pinson, je suppose, qui soupe en ville et danse de tout son cœur, pendant que sa compagne meurt de faim ? Je t'avoue, mon cher Marcel, que tout cela, bien sincèrement, me fait horreur. Cette petite évaporée[5] d'hier soir, avec sa chanson et ses quolibets[6], riant et babillant[7] chez toi, au moment même où l'autre, l'héroïne de son conte, expire dans un grenier, me soulève le cœur. Vivre ainsi en amies, presque en sœurs, pendant des jours et des semaines, courir les théâtres, les bals, les cafés, et ne pas savoir le lendemain si l'une est morte et l'autre en vie, c'est pis que l'indifférence des égoïstes, c'est l'insensibilité de la brute. Ta demoiselle Pinson est un monstre, et tes grisettes que tu vantes, ces mœurs sans vergogne[8], ces amitiés sans âme, je ne sais rien de si méprisable !

Le barbier, qui, pendant ces discours, avait écouté en silence, et continué de promener son fer froid sur la tête de Marcel, sourit d'un air malin lorsque Eugène se tut. Tour à tour bavard comme une pie, ou plutôt comme un perruquier qu'il était, lorsqu'il s'agissait de méchants propos, taciturne[9] et laconique[10] comme un Spartiate[11], dès que les affaires étaient en jeu, il avait adopté la prudente habitude de laisser toujours

5. Folle.
6. Moqueries.
7. Bavardant avec insouciance.
8. Sans scrupules.
9. Silencieux.
10. Peu bavard.
11. Habitants de Sparte (Grèce antique), célèbres pour la rigidité de leurs coutumes.

d'abord parler ses pratiques[1], avant de mêler son mot à la conversation. L'indignation qu'exprimait Eugène en termes si violents lui fit toutefois rompre le silence.

– Vous êtes sévère, monsieur, dit-il en riant et en gasconnant[2]. J'ai l'honneur de coiffer mademoiselle Mimi, et je crois que c'est une fort excellente personne.

– Oui, dit Eugène, excellente en effet, s'il est question de boire et de fumer.

– Possible, reprit le barbier, je ne dis pas non. Les jeunes personnes, ça rit, ça chante, ça fume; mais il y en a qui ont du cœur.

– Où voulez-vous en venir, père Cadédis? demanda Marcel. Pas tant de diplomatie; expliquez-vous tout net.

– Je veux dire, répliqua le barbier en montrant l'arrière-boutique, qu'il y a là, pendue à un clou, une petite robe de soie noire que ces messieurs connaissent sans doute, s'ils connaissent la propriétaire, car elle ne possède pas une garde-robe très compliquée. Mademoiselle Mimi m'a envoyé cette robe ce matin au petit jour; et je présume que, si elle n'est pas venue au secours de la petite Rougette, c'est qu'elle-même ne roule pas sur l'or.

– Voilà qui est curieux, dit Marcel, se levant et entrant dans l'arrière-boutique, sans égard pour la pauvre femme aux carreaux écossais. La chanson de Mimi en a donc menti, puisqu'elle met sa robe en gage? Mais avec quoi diable fera-t-elle ses visites à présent? Elle ne va donc pas dans le monde aujourd'hui?

Eugène avait suivi son ami.

1. Clients.
2. Gesticulant.

Le barbier ne les trompait pas : dans un coin poudreux[3], au milieu d'autres hardes[4] de toute espèce, était humblement et tristement suspendue l'unique robe de mademoiselle Pinson.

– C'est bien cela, dit Marcel ; je reconnais ce vêtement pour l'avoir vu tout neuf il y a dix-huit mois. C'est la robe de chambre, l'amazone[5] et l'uniforme de parade de mademoiselle Mimi. Il doit y avoir à la manche gauche une petite tache grosse comme une pièce de cinq sous, causée par le vin de Champagne. Et combien avez-vous prêté là-dessus, père Cadédis ? car je suppose que cette robe n'est pas vendue, et qu'elle ne se trouve dans ce boudoir[6] qu'en qualité de nantissement[7].

– J'ai prêté quatre francs, répondit le barbier ; et je vous assure, monsieur, que c'est pure charité. À toute autre je n'aurais pas avancé plus de quarante sous ; car la pièce est diablement mûre[8] ; on y voit à travers, c'est une lanterne magique[9]. Mais je sais que mademoiselle Mimi me payera ; elle est bonne pour quatre francs.

– Pauvre Mimi ! reprit Marcel. Je gagerais tout de suite mon bonnet, qu'elle n'a emprunté cette petite somme que pour l'envoyer à Rougette.

– Ou pour payer quelque dette criarde[10], dit Eugène.

– Non, dit Marcel, je connais Mimi ; je la crois incapable de se dépouiller pour un créancier[11].

– Possible encore, dit le barbier. J'ai connu mademoiselle Mimi dans une position meilleure que celle où elle se trouve actuellement ; elle avait alors un grand nombre de dettes. On se présentait journellement chez elle pour saisir ce qu'elle possédait, et on avait fini, en

3. Poussiéreux.
4. Vêtements usagés.
5. La tenue de guerrière.
6. Petit salon élégant réservé aux femmes.
7. Garantie.
8. Très usée.
9. Instrument d'optique qui servait à projeter, sur un écran, des images peintes sur verre.
10. Urgente.
11. Personne à qui on doit de l'argent.

effet, par lui prendre tous ses meubles, excepté son lit, car ces messieurs savent sans doute qu'on ne prend pas le lit d'un débiteur[1]. Or, mademoiselle Mimi avait dans ce temps-là quatre robes fort convenables. Elle les mettait toutes les quatre l'une sur l'autre, et elle couchait avec pour qu'on ne les saisît pas ; c'est pourquoi je serais surpris si, n'ayant plus qu'une seule robe aujourd'hui, elle l'engageait pour payer quelqu'un.

– Pauvre Mimi ! répéta Marcel. Mais, en vérité, comment s'arrange-t-elle ? Elle a donc trompé ses amis ? Elle possède donc un vêtement inconnu ? Peut-être se trouve-t-elle malade d'avoir trop mangé de galette, et, en effet, si elle est au lit, elle n'a que faire de s'habiller. N'importe, père Cadédis, cette robe me fait peine, avec ses manches pendantes qui ont l'air de demander grâce ; tenez, retranchez-moi quatre francs sur les trente-cinq livres[2] que vous venez de m'avancer, et mettez-moi cette robe dans une serviette, que je la rapporte à cette enfant[3]. Eh bien ! Eugène, continua-t-il, que dit à cela ta charité chrétienne ?

– Que tu as raison, répondit Eugène, de parler et d'agir comme tu fais, mais que je n'ai peut-être pas tort ; j'en fais le pari, si tu veux.

– Soit, dit Marcel, parions un cigare, comme les membres du Jockey-Club[4]. Aussi bien, tu n'as plus que faire ici. J'ai trente et un francs, nous sommes riches. Allons de ce pas chez mademoiselle Pinson ; je suis curieux de la voir.

Il mit la robe sous son bras et tous deux sortirent de la boutique.

1. Une personne qui doit de l'argent.
2. Francs.
3. Jeune femme.
4. Club parisien très chic et très fermé.

VII

– Mademoiselle est allée à la messe, répondit la portière aux deux étudiants, lorsqu'ils furent arrivés chez mademoiselle Pinson.

– À la messe ! dit Eugène surpris.

– À la messe ! répéta Marcel. C'est impossible, elle n'est pas sortie. Laissez-nous entrer ; nous sommes de vieux amis.

– Je vous assure, monsieur, répondit la portière, qu'elle est sortie pour aller à la messe, il y a environ trois quarts d'heure.

– Et à quelle église est-elle allée ?

– À Saint-Sulpice, comme de coutume ; elle n'y manque pas un matin.

– Oui, oui, je sais qu'elle prie le bon Dieu ; mais cela me semble bizarre qu'elle soit dehors aujourd'hui.

– La voici qui rentre, monsieur ; elle tourne la rue ; vous la voyez vous-même.

Mademoiselle Pinson, sortant de l'église, revenait chez elle, en effet. Marcel ne l'eut pas plus tôt aperçue, qu'il courut à elle, impatient de voir de près sa toilette. Elle avait, en guise de robe, un jupon d'indienne[5] foncée, à demi caché sous un rideau de serge[6] verte dont elle s'était fait, tant bien que mal, un châle. De cet accoutrement singulier, mais qui, du reste, n'attirait pas les regards, à cause de sa couleur sombre, sortaient sa tête coiffée de son bonnet blanc, et ses petits pieds chaussés de brodequins. Elle s'était enveloppée dans son rideau avec tant d'art et de précaution, qu'il res-

5. Toile de coton imprimé.
6. Tissu épais.

semblait vraiment à un vieux châle, et qu'on ne voyait presque pas la bordure. En un mot, elle trouvait moyen de plaire encore dans cette friperie[1], et de prouver, une fois de plus sur terre, qu'une jolie femme est toujours jolie.

– Comment le trouvez-vous ? dit-elle aux deux jeunes gens en écartant un peu son rideau, et en laissant voir sa fine taille serrée dans son corset. C'est un déshabillé du matin que Palmyre vient de m'apporter.

– Vous êtes charmante, dit Marcel. Ma foi, je n'aurais jamais cru qu'on pût avoir si bonne mine avec le châle d'une fenêtre.

– En vérité ? reprit mademoiselle Pinson ; j'ai pourtant l'air un peu paquet[2].

– Paquet de roses, répondit Marcel. J'ai presque regret maintenant de vous avoir rapporté votre robe.

– Ma robe ? Où l'avez-vous trouvée ?

– Où elle était, apparemment.

– Et vous l'avez tirée de l'esclavage ?

– Eh ! mon Dieu, oui, j'ai payé sa rançon. M'en voulez-vous de cette audace ?

– Non pas ! à charge de revanche[3]. Je suis bien aise de revoir ma robe ; car, à vous dire vrai, voilà déjà longtemps que nous vivons toutes les deux ensemble, et je m'y suis attachée insensiblement.

En parlant ainsi, mademoiselle Pinson montait lestement les cinq étages qui conduisaient à sa chambrette, où les deux amis entrèrent avec elle.

– Je ne puis pourtant, reprit Marcel, vous rendre cette robe qu'à une condition.

1. Ce vêtement d'occasion.
2. Pas très élégant.
3. Je vous rendrai la pareille.

– Fi donc ! dit la grisette. Quelque sottise ! Des conditions ? je n'en veux pas.

– J'ai fait un pari, dit Marcel ; il faut que vous nous disiez franchement pourquoi cette robe était en gage.

– Laissez-moi donc d'abord la remettre, répondit mademoiselle Pinson ; je vous dirai ensuite mon pourquoi. Mais je vous préviens que, si vous ne voulez pas faire antichambre[4] dans mon armoire ou sur la gouttière, il faut, pendant que je vais m'habiller, que vous vous voiliez la face comme Agamemnon.

– Qu'à cela ne tienne, dit Marcel ; nous sommes plus honnêtes qu'on ne pense, et je ne hasarderai pas même un œil.

– Attendez, reprit mademoiselle Pinson ; je suis pleine de confiance, mais la sagesse des nations nous dit que deux précautions valent mieux qu'une.

En même temps elle se débarrassa de son rideau, et l'étendit délicatement sur la tête des deux amis, de manière à les rendre complètement aveugles.

– Ne bougez pas, leur dit-elle ; c'est l'affaire d'un instant.

– Prenez garde à vous, dit Marcel. S'il y a un trou au rideau, je ne réponds de rien. Vous ne voulez pas vous contenter de notre parole, par conséquent elle est dégagée[5].

– Heureusement ma robe l'est aussi, dit mademoiselle Pinson ; et ma taille aussi, ajouta-t-elle en riant et en jetant le rideau par terre. Pauvre petite robe ! il me semble qu'elle est toute neuve. J'ai un plaisir à me sentir dedans !

Agamemnon

Chef des armées grecques, il dut sacrifier sa fille Iphigénie pour obtenir le soutien des dieux et avoir des vents favorables afin de naviguer vers Troie. Pour ne pas voir sa fille mourir ou montrer qu'il pleurait, il se voila le visage. « Le triste Agamemnon [...]/ Pour détourner ses yeux du meurtre qu'il présage, /Ou pour cacher ses pleurs, s'est voilé le visage. » (Racine, *Iphigénie*, V, 5).

4. Attendre.
5. Notre promesse est rompue.

– Et votre secret ? nous le direz-vous maintenant ? Voyons, soyez sincère, nous ne sommes pas bavards. Pourquoi et comment une jeune personne comme vous, sage, rangée, vertueuse et modeste, a-t-elle pu accrocher ainsi, d'un seul coup, toute sa garde-robe à un clou ?

– Pourquoi ?... pourquoi ?... répondit mademoiselle Pinson, paraissant hésiter ; puis elle prit les deux jeunes gens chacun par un bras, et leur dit en les poussant vers la porte : « Venez avec moi, vous le verrez. »

Comme Marcel s'y attendait, elle les conduisit rue de l'Éperon.

VIII

Marcel avait gagné son pari. Les quatre francs et le morceau de galette de mademoiselle Pinson étaient sur la table de Rougette, avec les débris du poulet d'Eugène.

La pauvre malade allait un peu mieux, mais elle gardait encore le lit ; et, quelle que fut sa reconnaissance envers son bienfaiteur inconnu, elle fit dire à ces messieurs, par son amie, qu'elle les priait de l'excuser, et qu'elle n'était pas en état de les recevoir.

– Que je la reconnais bien là ! dit Marcel ; elle mourrait sur la paille dans sa mansarde[1], qu'elle ferait encore la duchesse vis-à-vis de son pot à l'eau[2].

Les deux amis, bien qu'à regret, furent donc obligés de s'en retourner chez eux comme ils étaient venus,

1. Chambre sous les toits.
2. Pichet (objet ordinaire).

non sans rire entre eux de cette fierté et de cette discrétion si étrangement nichées dans une mansarde.

Après avoir été à l'École de Médecine suivre les leçons du jour, ils dînèrent ensemble, et, le soir venu, ils firent un tour de promenade au boulevard Italien. Là, tout en fumant le cigare qu'il avait gagné le matin :

– Avec tout cela, disait Marcel, n'es-tu pas forcé de convenir que j'ai raison d'aimer, au fond, et même d'estimer ces pauvres créatures ? Considérons sainement les choses sous un point de vue philosophique. Cette petite Mimi, que tu as tant calomniée[3], ne fait-elle pas, en se dépouillant de sa robe, une œuvre plus louable, plus méritoire, j'ose même dire plus chrétienne, que le bon roi Robert[4] en laissant un pauvre couper la frange de son manteau ? Le bon roi Robert, d'une part, avait évidemment quantité de manteaux ; d'un autre côté, il était à table, dit l'histoire, lorsqu'un mendiant s'approcha de lui, en se traînant à quatre pattes, et coupa avec des ciseaux la frange d'or de l'habit de son roi. Madame la reine trouva la chose mauvaise, et le digne monarque, il est vrai, pardonna généreusement au coupeur de franges ; mais peut-être avait-il bien dîné. Vois quelle distance entre lui et Mimi ! Mimi, quand elle a appris l'infortune de Rougette, assurément était à jeun. Sois convaincu que le morceau de galette qu'elle avait emporté de chez moi était destiné par avance à composer son propre repas. Or, que fait-elle ? Au lieu de déjeuner, elle va à la messe, et en ceci elle se montre encore au moins l'égale du roi Robert, qui était fort pieux, j'en conviens, mais qui perdait son temps à

3. Attaquée injustement.
4. Robert II le Pieux, roi de France de 996 à 1031.

chanter au lutrin[1], pendant que les Normands faisaient le diable à quatre[2]. Le roi Robert abandonne sa frange, et, en somme, le manteau lui reste. Mimi envoie sa robe tout entière au père Cadédis, action incomparable en ce que Mimi est femme, jeune, jolie, coquette et pauvre ; et note bien que cette robe lui est nécessaire pour qu'elle puisse aller, comme de coutume, à son magasin, gagner le pain de sa journée. Non seulement donc elle se prive du morceau de galette qu'elle allait avaler, mais elle se met volontairement dans le cas de ne pas dîner. Observons en outre que le père Cadédis est fort éloigné d'être un mendiant, et de se traîner à quatre pattes sous la table. Le roi Robert, renonçant à sa frange, ne fait pas un grand sacrifice, puisqu'il la trouve toute coupée d'avance, et c'est à savoir si cette frange était coupée de travers ou non, et en état d'être recousue ; tandis que Mimi, de son propre mouvement, bien loin d'attendre qu'on lui vole sa robe, arrache elle-même de dessus son pauvre corps ce vêtement, plus précieux, plus utile que le clinquant de tous les passementiers[3] de Paris. Elle sort vêtue d'un rideau ; mais sois sûr qu'elle n'irait pas ainsi dans un autre lieu que l'église. Elle se ferait plutôt couper un bras que de se laisser voir ainsi fagotée[4] au Luxembourg ou aux Tuileries ; mais elle ose se montrer à Dieu, parce qu'il est l'heure où elle prie tous les jours. Crois-moi, Eugène, dans ce seul fait de traverser avec son rideau la place Saint-Michel, la rue de Tournon et la rue du Petit Lion, où elle connaît tout le monde, il y a plus de courage, d'humilité[5] et de religion véritable, que dans toutes les hymnes[6] du bon

1. Pupitre pour poser les livres de chants dans une église.
2. Se démenaient. Allusion aux conquêtes brutales des Normands au Xe siècle.
3. Vendeurs et fabricants de rubans et autres ornements.
4. Habillée.
5. De modestie.
6. Chants à la gloire de Dieu.

roi Robert, dont tout le monde parle pourtant, depuis le grand Bossuet jusqu'au plat Anquetil[7], tandis que Mimi mourra inconnue dans son cinquième étage, entre un pot de fleurs et un ourlet.

– Tant mieux pour elle, dit Eugène.

– Si je voulais maintenant, dit Marcel, continuer à comparer, je pourrais te faire un parallèle entre Mucius Scœvola[8] et Rougette. Penses-tu, en effet, qu'il soit plus difficile à un Romain du temps de Tarquin de tenir son bras, pendant cinq minutes, au-dessus d'un réchaud allumé, qu'à une grisette contemporaine de rester vingt-quatre heures sans manger ? Ni l'un ni l'autre n'ont crié, mais examine par quels motifs. Mucius est au milieu d'un camp, en présence d'un roi étrusque[9] qu'il a voulu assassiner ; il a manqué son coup d'une manière pitoyable, il est entre les mains des gendarmes. Qu'imagine-t-il ? Une bravade[10]. Pour qu'on l'admire avant qu'on le pende, il se roussit le poing sur un tison *(car rien ne prouve que le brasier fût bien chaud, ni que le poing soit tombé en cendres)*. Là-dessus, le digne Porsenna, stupéfait de sa fanfaronnade[11], lui pardonne et le renvoie chez lui. Il est à parier que ledit Porsenna, capable d'un tel pardon, avait une bonne figure, et que Scœvola se doutait que, en sacrifiant son bras, il sauvait sa tête. Rougette, au contraire, endure patiemment le plus horrible et le plus lent des supplices, celui de la faim ; personne ne la regarde. Elle est seule au fond d'un grenier, et elle n'a là pour l'admirer ni Porsenna, c'est-à-dire le baron, ni les Romains, c'est-à-dire les voisins, ni les Étrusques, c'est-à-dire

7. Religieux et écrivains.
8. Héros latin légendaire de la fin du VIe siècle av. J.-C., au temps des Tarquin, rois étrusques.
9. Porsenna.
10. Un défi.
11. Bravoure.

ses créanciers, ni même le brasier, car son poêle est éteint. Or, pourquoi souffre-t-elle sans se plaindre ? Par vanité d'abord, cela est certain, mais Mucius est dans le même cas ; par grandeur d'âme ensuite, et ici est sa gloire ; car si elle reste muette derrière son verrou, c'est précisément pour que ses amis ne sachent pas qu'elle se meurt, pour qu'on n'ait pas pitié de son courage, pour que sa camarade Pinson, qu'elle sait bonne et toute dévouée, ne soit pas obligée, comme elle l'a fait, de lui donner sa robe et sa galette. Mucius, à la place de Rougette, eût fait semblant de mourir en silence, mais c'eût été dans un carrefour ou à la porte de Flicoteaux. Son taciturne et sublime orgueil eût été une manière délicate de demander à l'assistance un verre de vin et un croûton. Rougette, il est vrai, a demandé un louis au baron, que je persiste à comparer à Porsenna. Mais ne vois-tu pas que le baron doit évidemment être redevable à Rougette de quelques obligations personnelles[1] ? Cela saute aux yeux du moins clairvoyant. Comme tu l'as, d'ailleurs, sagement remarqué, il se peut que le baron soit à la campagne, et dès lors Rougette est perdue. Et ne crois pas pouvoir me répondre ici par cette vaine objection[2] qu'on oppose à toutes les belles actions des femmes, à savoir qu'elles ne savent ce qu'elles font, et qu'elles courent au danger comme les chats sur les gouttières. Rougette sait ce qu'est la mort ; elle l'a vue de près au pont d'Iéna, car elle s'est déjà jetée à l'eau une fois, et je lui ai demandé si elle avait souffert. Elle m'a dit que non, qu'elle n'avait rien senti, excepté au moment où

1. Le baron a été l'amant de Rougette.
2. Argument.

on l'avait repêchée, parce que les bateliers[3] la tiraient par les jambes, et qu'ils lui avaient, à ce qu'elle disait, *raclé* la tête sur le bord du bateau.

– Assez ! dit Eugène, fais-moi grâce de tes affreuses plaisanteries. Réponds-moi sérieusement : crois-tu que de si horribles épreuves, tant de fois répétées, toujours menaçantes, puissent enfin porter quelque fruit ? Ces pauvres filles, livrées à elles-mêmes, sans appui, sans conseil, ont-elles assez de bon sens pour avoir de l'expérience ? Y a-t-il un démon, attaché à elles, qui les voue[4] à tout jamais au malheur et à la folie, ou, malgré tant d'extravagances, peuvent-elles revenir au bien ? En voilà une qui prie Dieu, dis-tu ; elle va à l'église, elle remplit ses devoirs[5], elle vit honnêtement de son travail ; ses compagnes paraissent l'estimer… et vous autres mauvais sujets, vous ne la traitez pas vous-mêmes avec votre légèreté habituelle. En voilà une autre qui passe sans cesse de l'étourderie à la misère, de la prodigalité[6] aux horreurs de la faim. Certes, elle doit se rappeler longtemps les leçons cruelles qu'elle reçoit. Crois-tu que, avec de sages avis, une conduite réglée, un peu d'aide, on puisse faire de telles femmes des êtres raisonnables ? S'il en est ainsi, dis-le-moi ; une occasion s'offre à nous. Allons de ce pas chez la pauvre Rougette ; elle est sans doute encore bien souffrante, et son amie veille à son chevet. Ne me décourage pas, laisse-moi agir. Je veux essayer de les ramener dans la bonne route, de leur parler un langage sincère ; je ne veux leur faire ni sermon[7] ni reproches. Je veux m'approcher de ce lit, leur prendre la main, et leur dire…

3. Mariniers.
4. Condamne.
5. Obligations religieuses.
6. Du gaspillage.
7. Discours moralisateur.

En ce moment, les deux amis passaient devant le café Tortoni[1]. La silhouette de deux jeunes femmes, qui prenaient des glaces près d'une fenêtre, se dessinait à la clarté des lustres. L'une d'elles agita son mouchoir, et l'autre partit d'un éclat de rire.

– Parbleu ! dit Marcel, si tu veux leur parler, nous n'avons que faire d'aller si loin, car les voilà, Dieu me pardonne ! Je reconnais Mimi à sa robe, et Rougette à son panache[2] blanc, toujours sur le chemin de la friandise. Il paraît que monsieur le baron a bien fait les choses.

IX

– Et une pareille folie, dit Eugène, ne t'épouvante pas ?

– Si fait, dit Marcel ; mais, je t'en prie, quand tu diras du mal des grisettes, fais une exception pour la petite Pinson. Elle nous a conté une histoire à souper, elle a engagé sa robe pour quatre francs, elle s'est fait un châle avec un rideau ; et qui dit ce qu'il sait, qui donne ce qu'il a, qui fait ce qu'il peut, n'est pas obligé à davantage.

1. Café à la mode sur les boulevards parisiens.
2. Aux plumes de son chapeau.

Pause lecture 2

Le débat entre Eugène et Marcel

Avez-vous bien lu ?

Pourquoi Marcel donne-t-il un souper ?

- ❑ C'est le jour de sa fête.
- ❑ Pour qu'Eugène rencontre Mimi Pinson.
- ❑ Pour séduire Mimi Pinson.

L'objet du débat (chapitres I et II)

1 Que reproche Eugène aux grisettes (l. 28 à 42) ?
Quelles qualités, au contraire, Marcel leur reconnaît-il (l. 85 à 130) ?
Le portrait qu'il en donne est-il entièrement élogieux ?

L'épreuve des faits (chapitres III à VII)

2 Que raconte Mimi Pinson pendant la soirée ?
Que semble confirmer ce récit à propos des grisettes ?

3 Par la suite, que découvrent Eugène et Marcel ?
Ces événements font-ils évoluer le point de vue d'Eugène ?

Le débat reste ouvert (chapitres VIII et IX)

4 « Marcel avait gagné son pari » (ligne 1050). De quel pari s'agit-il ?
Pourquoi l'a-t-il gagné ?

5 La victoire de Marcel sur Eugène est-elle définitive ? Expliquez.

Paris au temps de Mimi Pinson

Avez-vous bien lu ?

Que fait le barbier dans son arrière-boutique ?

- ❑ Il tient un bureau d'aide pour les pauvres.
- ❑ Il prête de l'argent à des taux excessifs.
- ❑ Il loue des vêtements et des accessoires.

Les mœurs d'une époque

1 Quand et où l'histoire se déroule-t-elle ? Relevez les indications de temps et de lieu.

2 À quelles classes sociales les personnages appartiennent-ils ? Pourquoi les activités du père Cadédis sont-elles aussi florissantes ?

3 Dans quelle mesure le sort des étudiants est-il comparable à celui des grisettes ? Dans quelle mesure est-il différent ?

La grisette : un type social

4 Commentez le sous-titre de la nouvelle, « Profil de grisette ». Que nous indique-t-il des intentions de Musset ?

5 À quels moments de la nouvelle est-il question de la robe de Mimi Pinson ? Que symbolise, selon vous, cet objet ?

Pauvres mais… heureux !

Avez-vous bien lu ?

Eugène ouvre la lettre de la jeune femme :

- ❑ par curiosité ?
- ❑ parce qu'il sent qu'elle a besoin d'aide ?
- ❑ pour y chercher son adresse ?

Eugène et Marcel : deux amis différents ?

1 D'après les chapitres I et II, dressez les portraits des deux jeunes gens. Lequel vous paraît le plus sympathique ? Dans quelle mesure la suite du récit confirme-t-elle cette impression ?

2 Que ressent Eugène devant la détresse de Rougette ? À quels moments Eugène et Marcel réagissent-ils de la même façon ?

3 À qui Marcel compare-t-il Mimi Pinson (l. 1072 à 1126) ? et Rougette (l. 1128 à 1170) ? Quelles qualités honore-t-il ainsi chez elles ? Quand Eugène condamne Mimi Pinson (l. 834 à 853), ses critères de jugement sont-ils différents de ceux de Marcel ?

Mimi Pinson et l'argent

4 Relevez les actes de générosité accomplis par Mimi Pinson.

5 Que penser de l'attitude des deux grisettes au dénouement ?

6 Mimi Pinson accorde-t-elle de l'importance à l'argent ? Comment s'explique son bonheur de vivre ?

Vers l'expression

Vocabulaire

1. « ses moindres actions » (l. 12-13) :

a. Quel est le sens de l'adjectif souligné : *les plus petites, les plus grandes* ? Quel trait de caractère est ici souligné ?

b. Relevez d'autres termes, dans l'incipit, qui contribuent au même effet de sens.

2. L'« éloge » des grisettes (l. 85-130) : relevez les champs lexicaux de la contrainte et de la pauvreté. Qu'en déduisez-vous ?

3. « Nos inconnus nous regardèrent comme jamais trois chiens n'ont regardé trois évêques, avec une stupéfaction piteuse mêlée d'un pur attendrissement » (l. 372-74) : quelle image Mimi Pinson emploie-t-elle ici ?

À vous de jouer

Organisez un débat

Selon vous, vaut-il mieux être économe et prévoyant ou profiter de l'argent que l'on a dans l'instant ? Préparez des arguments pour défendre chacune de ces deux positions.

Comparez

Relisez la fable de La Fontaine, « La Cigale et la Fourmi » (livre I, 1). Quels rapprochements pouvez-vous faire avec la nouvelle de Musset ?

Du texte à l'image

Observez l'affiche du film → voir dossier images p. II

Affiche du film *Mimi Pinson*, réalisé par Robert Darène, 1957.

1. Comment l'image est-elle composée ? Identifiez les différents plans et les lignes directrices.
2. Observez les couleurs. L'atmosphère suggérée est-elle conforme à l'esprit de la nouvelle ?
3. Quels éléments représentés sur cette affiche correspondent au milieu décrit dans le texte ?
4. Quelles différences relevez-vous également avec le récit de Musset ?

Lire

Villiers de L'Isle-Adam

Virginie et Paul

1883

texte intégral

Qui sont les personnages ?

Virginie

Jeune fille bourgeoise élevée dans un pensionnat, elle compte bien épouser son cousin et a des idées fort précises sur leur vie future.

➨ *Que pense-t-elle de l'amour ?*

Paul

Le cousin de Virginie est un jeune homme docile et influençable. Il a rendez-vous avec elle, en secret, de nuit, à la grille du pensionnat.

➨ *Quelle nouvelle importante veut-il lui annoncer ?*

Virginie et Paul

À Mlle Augusta Holmès[1].

Per amica silentia lunae[2].

VIRGILE.

C'EST LA GRILLE DES VIEUX JARDINS DU PENSIONNAT[3]. Dix heures sonnent dans le lointain. Il fait une nuit d'avril, claire, bleue et profonde. Les étoiles semblent d'argent. Les vagues du vent, faibles, ont passé sur les jeunes roses ; les feuillages bruissent, le jet d'eau retombe neigeux, au bout de cette grande allée d'acacias. Au milieu du grand silence, un rossignol, âme de la nuit, fait scintiller une pluie de notes magiques.

Alors que les seize ans vous enveloppaient de leur ciel d'illusions, avez-vous aimé une toute jeune fille ? Vous souvenez-vous de ce gant oublié sur une chaise, dans la tonnelle[4] ? Avez-vous éprouvé le trouble d'une présence inespérée, subite ? Avez-vous senti vos joues brûler, lorsque, pendant les vacances, les parents souriaient de votre timidité l'un près de l'autre ? Avez-vous connu le doux infini de deux yeux purs qui vous regardaient avec une tendresse pensive ? Avez-vous touché, de vos lèvres, les lèvres d'une enfant[5] tremblante et brusquement pâlie, dont le sein battait contre votre cœur oppressé de joie ? Les avez-vous gardées, au fond du reliquaire[6], les fleurs bleues[7] cueillies le soir, près de la rivière, en revenant ensemble ?

Paul et Virginie

Ce roman, écrit par Bernardin de Saint-Pierre (1788), raconte l'amour pur de deux adolescents élevés loin de la société, à l'île de France (actuellement île Maurice). Cette œuvre illustre les idées de Jean-Jacques Rousseau sur l'importance de vivre suivant la nature et la vertu : les jeunes gens ignorent le mal car ils ont grandi loin de la corruption sociale. Ce roman eut un succès considérable.

1. Musicienne, amie de Villiers.
2. « Dans le silence amical de la lune » (Virgile, *Énéide*).
3. École privée, réservée aux catégories sociales les plus favorisées.
4. Construction couverte de végétation.
5. Jeune fille.
6. Coffret précieux renfermant des reliques, fragments du corps d'un saint. L'emploi du mot donne ici une valeur sacrée au souvenir.
7. Myosotis, aussi appelés « herbes d'amour » et « ne-m'oubliez-pas ».

La domination anglaise

Une grande partie de l'ouest de la France, et en particulier l'Anjou, fut dominée par la lignée des Plantagenêts, rois d'Angleterre, entre les XIIe et XVe siècles. La guerre de Cent Ans mit fin à cette domination : les Français chassèrent les Anglais hors du royaume.

Caché, depuis les années séparatrices, au plus profond de votre cœur, un tel souvenir est comme une goutte d'essence[1] de l'Orient enfermée en un flacon précieux. Cette goutte de baume[2] est si fine et si puissante que, si l'on jette le flacon dans votre tombeau, son parfum, vaguement immortel, durera plus que votre poussière.

Oh ! s'il est une chose douce, par un soir de solitude, c'est de respirer, encore une fois, l'adieu de ce souvenir enchanté !

Voici l'heure de l'isolement : les bruits du travail se sont tus dans le faubourg ; mes pas m'ont conduit jusqu'ici, au hasard. Cette bâtisse fut, autrefois, une vieille abbaye. Un rayon de lune fait voir l'escalier de pierre, derrière la grille, et illumine à demi les vieux saints sculptés qui ont fait des miracles et qui, sans doute, ont frappé contre ces dalles leurs humbles fronts éclairés par la prière. Ici les pas des chevaliers de Bretagne ont résonné autrefois, alors que l'Anglais tenait encore nos cités angevines. – À présent, des jalousies[3] vertes et gaies rajeunissent les sombres pierres des croisées[4] et des murs. L'abbaye est devenue une pension de jeunes filles. Le jour, elles doivent y gazouiller comme des oiseaux dans les ruines. Parmi celles qui sont endormies, il est plus d'une enfant qui, aux premières vacances de Pâques, éveillera dans le cœur d'un jeune adolescent la grande impression sacrée[5] et peut-être que déjà… – Chut ! on a parlé ! Une voix très douce vient d'appeler *(tout bas)* : « Paul !… Paul ! » Une robe de mousseline[6] blanche, une ceinture bleue ont flotté, un instant, près de ce pilier. Une jeune fille semble parfois une apparition. Celle-ci

1. De concentré de parfum.
2. Substance parfumée d'origine végétale.
3. Volets.
4. Fenêtres.
5. Le sentiment amoureux.
6. Tissu de coton léger.

est descendue maintenant. C'est l'une d'entre elles ; je vois la pèlerine[7] du pensionnat et la croix d'argent du cou. Je vois son visage. La nuit se fond avec ses traits baignés de poésie ! Ô cheveux si blonds d'une jeunesse mêlée d'enfance encore ! Ô bleu regard dont l'azur est si pâle qu'il semble encore tenir de l'éther primitif[8] !

Mais quel est ce tout jeune homme qui se glisse entre les arbres ? Il se hâte ; il touche le pilier de la grille.

« Virginie ! Virginie ! c'est moi.

– Oh ! plus bas ! me voici, Paul ! »

Ils ont quinze ans tous les deux !

C'est un premier rendez-vous ! C'est une page de l'idylle[9] éternelle ! Comme ils doivent trembler de joie l'un et l'autre ! Salut, innocence divine ! souvenir ! fleurs ravivées !

« Paul, mon cher cousin !

– Donnez-moi votre main à travers la grille, Virginie. Oh ! mais est-elle jolie, au moins ! Tenez, c'est un bouquet que j'ai cueilli dans le jardin de papa. Il ne coûte pas d'argent, mais c'est de cœur[10].

– Merci, Paul. – Mais comme il est essoufflé ! Comme il a couru !

– Ah ! c'est que papa a fait une affaire, aujourd'hui, une affaire très belle ! Il a acheté un petit bois à moitié prix. Des gens étaient obligés de vendre vite ; une bonne occasion. Alors, comme il était content de la journée, je suis resté avec lui pour qu'il me donnât un peu d'argent ; et puis je me suis pressé pour arriver à l'heure.

– Nous serons mariés dans trois ans, si vous passez bien vos examens, Paul !

7. Cape.
8. Air le plus pur.
9. Histoire d'amour.
10. Sincère.

– Oui, je serai un avocat. Quand on est un avocat, on attend quelques mois pour être connu. Et puis, on gagne, aussi, un peu d'argent.

– Souvent beaucoup d'argent !

– Oui. Est-ce que vous êtes heureuse au pensionnat, ma cousine ?

– Oh ! oui, Paul. Surtout depuis que madame Pannier a pris de l'extension[1]. D'abord, on n'était pas si bien ; mais, maintenant, il y a ici des jeunes filles des châteaux. Je suis l'amie de toutes ces demoiselles. Oh ! elles ont de bien jolies choses. Et alors, depuis leur arrivée, nous sommes bien mieux, bien mieux, parce que madame Pannier peut dépenser un peu plus d'argent.

– C'est égal, ces vieux murs… Ce n'est pas très gai d'être ici.

– Si ! on s'habitue à ne pas les regarder. Mais, voyons, Paul, avez-vous été voir notre bonne tante ? Ce sera sa fête dans six jours ; il faudra lui écrire un *compliment*[2]. Elle est si bonne !

– Je ne l'aime pas beaucoup, moi, ma tante ! Elle m'a donné, l'autre fois, de vieux bonbons du dessert, au lieu, enfin, d'un vrai cadeau : soit une jolie bourse, soit des petites pièces pour mettre dans ma tirelire.

– Paul, Paul, ce n'est pas bien. Il faut être toujours bien aimant avec elle et la ménager. Elle est vieille et elle nous laissera, aussi, un peu d'argent…

– C'est vrai. Oh ! Virginie, entends-tu ce rossignol ?

– Paul, prenez bien garde de me tutoyer quand nous ne serons pas seuls.

1. A augmenté le nombre de pensionnaires.
2. Petit discours élogieux adressé à quelqu'un pour sa fête ou son anniversaire.

– Ma cousine, puisque nous devons nous marier ! D'ailleurs, je ferai attention. Mais comme c'est joli, le rossignol ! Quelle voix pure et argentine[3] !

– Oui, c'est joli, mais ça empêche de dormir. Il fait très doux, ce soir : la lune est argentée, c'est beau.

– Je savais bien que vous aimiez la poésie, ma cousine.

– Oh ! oui ! la Poésie !... j'étudie le piano.

– Au collège, j'ai appris toutes sortes de beaux vers pour vous les dire, ma cousine : je sais presque tout Boileau[4] par cœur. Si vous voulez, nous irons souvent à la campagne quand nous serons mariés, dites ?

– Certainement, Paul ! D'ailleurs, maman me donnera, en dot[5], sa petite maison de campagne où il y a une ferme : nous irons là, souvent, passer l'été. Et nous agrandirons cela un peu, si c'est possible. La ferme rapporte aussi un peu d'argent.

– Ah ! tant mieux. Et puis l'on peut vivre à la campagne pour beaucoup moins d'argent qu'à la ville. C'est mes parents qui m'ont dit cela. J'aime la chasse et je tuerai, aussi, beaucoup de gibier. Avec la chasse, on économise, aussi, un peu d'argent !

– Puis, c'est la campagne, mon Paul ! Et j'aime tant tout ce qui est poétique !

– J'entends du bruit là-haut, hein ?

– Chut ! il faut que je remonte : Mme Pannier pourrait s'éveiller. Au revoir, Paul.

– Virginie, vous serez chez ma tante dans six jours ?... au dîner ?... J'ai peur, aussi, que papa ne s'aperçoive que je me suis échappé, il ne me donnerait plus d'argent.

3. Claire.
4. Auteur de *L'Art poétique* qui fixa les règles du classicisme : il n'est donc pas un poète qui exalte les sentiments.
5. Biens qu'une femme apporte en se mariant.

– Votre main, vite ».

Pendant que j'écoutais, ravi, le bruit céleste d'un baiser, les deux anges se sont enfuis ; l'écho attardé des ruines vaguement répétait : « ... De l'argent ! Un peu d'argent ! »

Ô jeunesse, printemps de la vie ! Soyez bénis, enfants, dans votre extase[1] ! vous dont l'âme est simple comme la fleur, vous dont les paroles, évoquant d'autres souvenirs *à peu près* pareils à ce premier rendez-vous, font verser de douces larmes à un passant !

1. Émerveillement.

Pause lecture 3

Un cadre romantique

Avez-vous bien lu ?

Que ressent le narrateur face à l'abbaye ?

- ❏ Il a peur des fantômes de son passé.
- ❏ Il est ému.
- ❏ Il regrette qu'elle soit transformée en pensionnat.

Les souvenirs du narrateur

1 Quels temps sont employés dans les trois premiers paragraphes ? Quelle est la valeur de ces temps ?

2 Par quel type de phrase se traduit l'émotion du narrateur dans le deuxième paragraphe ? À qui s'adresse-t-il ? Quel est l'effet créé ?

3 Quel sentiment ressent le narrateur en évoquant les premières amours ? En quoi les lieux où se déroule la scène renforcent-ils ce sentiment ?

Des personnages attendus ?

4 À quoi le narrateur compare-t-il l'arrivée de la jeune fille ? Relevez le champ lexical de la religion, des lignes 33 à 60. Les premières paroles de Virginie correspondent-elles à l'attente du narrateur ? Pourquoi ?

5 Le portrait de l'héroïne est-il original ? Stéréotypé ? Pourquoi Paul est-il présenté plus rapidement ?

Un dialogue amoureux ?

Avez-vous bien lu ?

Virginie et Paul vivront à la campagne...

- ❏ par dégoût de la ville ?
- ❏ par souci d'économie ?
- ❏ par amour pour la chasse ?

Une solide complicité

1 Pourquoi Paul veut-il devenir avocat ?
Pour quelle raison Virginie se plaît-elle au pensionnat ?

2 « Paul, Paul, ce n'est pas bien » (ligne 106). Que lui reproche exactement Virginie ?
Lorsqu'ils parlent de leurs parents, qu'évoquent les fiancés ?

Un thème éternel

3 Relevez les champs lexicaux de l'amour et de l'argent dans ce dialogue.
Lequel domine ?

4 Quel est le véritable sujet de conversation entre Paul et Virginie ?
Quel est l'effet créé par rapport au cadre où se déroule leur conversation ?

La poésie

5 Quelle différence notez-vous entre les deux emplois du mot « poésie » (l. 117 et 119) ?
À quoi les fiancés associent-ils la poésie ? Sont-ils eux-mêmes des personnages poétiques ?

La satire des bourgeois

Avez-vous bien lu ?

Le narrateur est-il :

❏ un ami des héros ?
❏ un homme qui les surveille ?
❏ un passant ?

Un regard ironique

1 Quelle comparaison le narrateur emploie-t-il dans le premier paragraphe pour évoquer la beauté du ciel ? Après la lecture de la nouvelle, quelle valeur prend cette image ?

2 À qui s'adresse le narrateur dans le dernier paragraphe ? Comment donne-t-il à son propos une dimension plus générale ?

3 Pourquoi l'expression *à peu près* est-elle en italique dans la dernière phrase ? Quel regard le narrateur porte-t-il sur la scène dont il est témoin ? Relevez d'autres expressions qui rendent compte du jugement du narrateur.

Une certaine vision de la modernité

4 Paul évoque la bonne « affaire » de son père (l. 75). De quoi s'agit-il ? Quelles valeurs sont transmises au jeune homme ?

5 Quelle conception Virginie et Paul ont-ils du bonheur ?

6 Comment Villiers définit-il les bourgeois de son époque ? En quoi ce jugement présent s'oppose-t-il au regard que le narrateur porte sur le passé ?

Vers l'expression

Vocabulaire

1. Quel oiseau est présent dans le premier paragraphe du texte ? À quoi est-il associé traditionnellement ?
Les noms d'oiseau sont souvent employés avec un sens symbolique.
Définissez ce sens pour les oiseaux suivants :
autruche, *corbeau*, *perroquet*, *aigle*.
Faites une phrase avec l'un de ces termes et qui mettra en valeur une de ses caractéristiques.

2. En vous aidant du dictionnaire, donnez les deux sens du mot *pèlerine* (l. 54).
Faites une phrase avec le sens qui n'apparaît pas dans le texte.

À vous de jouer

Écrivez une lettre

Rédigez le *compliment* de Paul à sa tante. Il alternera les éléments d'un portrait élogieux, une présentation de ses ambitions et un appel (à peine) déguisé à la générosité de sa parente.

Écrivez une suite de récit

Imaginez la vie de Paul et Virginie après leur mariage.

Du texte à l'image

Observez la caricature → voir dossier images p. III

Honoré Daumier, lithographie publiée dans *Le Charivari*, 1846.

1. Pourquoi l'illustration est-elle en noir et blanc ?
2. Le cadre : que voyez-vous derrière l'avocat ? Dans quel lieu se déroule la scène ? Quelle réalité est ici évoquée ?
3. Quel personnage apparaît au second plan ? Que symbolise-t-il ?
4. Commentez l'attitude des deux protagonistes : démarche, vêtements, posture.
5. Quel est le motif du refus de l'avocat ? Expliquez le jeu de mots de la légende.
6. Quelle image l'avocat donne-t-il de la justice ? Est-ce la même que celle de Paul ?

Lire

Guy de Maupassant

La Dot

1884

texte intégral

Qui sont les personnages ?

Simon

Il vient d'acheter une étude de notaire et sa jeune épouse l'adore. Sa devise : « Tout vient à point à qui sait attendre. »

➡ *Pourquoi avoir choisi cette devise ?*

Jeanne

Cette jeune provinciale un peu naïve vient d'épouser Simon Lebrument. Les premiers plaisirs amoureux la transportent de joie.

➡ *Pourquoi son voyage de noces à Paris tourne-t-il au cauchemar ?*

La Dot

Une dot

Au XIXe siècle, lorsqu'une jeune fille se marie, elle apporte une somme d'argent avec elle, versée par ses parents.
La dot peut aussi consister en objets (linge ou vaisselle) pour le jeune ménage, afin de l'aider à s'installer.

PERSONNE NE S'ÉTONNA DU MARIAGE de maître Simon Lebrument avec Mlle Jeanne Cordier. Maître Lebrument venait d'acheter l'étude[1] de notaire de maître Papillon; il fallait, bien entendu, de l'argent pour la payer; et Mlle Jeanne Cordier avait trois cent mille francs liquides[2], en billets de banque et en titres au porteur[3].

Maître Lebrument était un beau garçon, qui avait du chic, un chic notaire, un chic province, mais enfin du chic, ce qui était rare à Boutigny-le-Rebours.

Mlle Cordier avait de la grâce et de la fraîcheur, de la grâce un peu gauche et de la fraîcheur un peu fagotée[4]; mais c'était, en somme, une belle fille désirable et fêtable[5].

La cérémonie des épousailles mit tout Boutigny sens dessus dessous.

On admira fort les mariés, qui rentrèrent cacher leur bonheur au domicile conjugal, ayant résolu de faire tout simplement un petit voyage à Paris après quelques jours de tête-à-tête.

Il fut charmant, ce tête-à-tête, maître Lebrument ayant su apporter dans ses premiers rapports avec sa femme une adresse, une délicatesse et un à-propos[6] remarquables. Il avait pris pour devise : « Tout vient à point à qui sait attendre. » Il sut être en même temps patient et énergique. Le succès fut rapide et complet.

1. La charge et la clientèle du notaire.
2. Immédiatement disponibles.
3. Certificats contre lesquels on donne de l'argent à celui qui les présente.
4. Sans élégance.
5. Que l'on peut courtiser.
6. Savoir-faire.

Au bout de quatre jours, Mme Lebrument adorait son mari. Elle ne pouvait plus se passer de lui, il fallait qu'elle l'eût tout le jour près d'elle pour le caresser, l'embrasser, lui tripoter les mains, la barbe, le nez, etc. Elle s'asseyait sur ses genoux, et, le prenant par les oreilles, elle disait : « Ouvre la bouche et ferme les yeux. » Il ouvrait la bouche avec confiance, fermait les yeux à moitié, et il recevait un bon baiser bien tendre, bien long, qui lui faisait passer de grands frissons dans le dos. Et à son tour il n'avait pas assez de caresses, pas assez de lèvres, pas assez de mains, pas assez de toute sa personne pour fêter sa femme du matin au soir et du soir au matin.

Une fois la première semaine écoulée, il dit à sa jeune compagne :

« Si tu veux, nous partirons pour Paris mardi prochain. Nous ferons comme les amoureux qui ne sont pas mariés, nous irons dans les restaurants, au théâtre, dans les cafés-concerts, partout, partout. »

Elle sautait de joie.

« Oh ! oui, oh ! oui, allons-y le plus tôt possible. »

Il reprit :

« Et puis, comme il ne faut rien oublier, préviens ton père de tenir ta dot toute prête ; je l'emporterai avec nous et je payerai par la même occasion maître Papillon. »

Elle prononça :

« Je le lui dirai demain matin. »

Et il la saisit dans ses bras pour recommencer ce petit jeu de tendresse qu'elle aimait tant, depuis huit jours.

Les cafés-concerts

Théâtres où l'on pouvait boire et fumer en assistant à des numéros de music-hall. Fort nombreux dans la seconde moitié du XIXe siècle, ils ont disparu au moment de la Première Guerre mondiale.

Le mardi suivant, le beau-père et la belle-mère accompagnèrent à la gare leur fille et leur gendre qui partaient pour la capitale.

Le beau-père disait :

« Je vous jure que c'est imprudent d'emporter tant d'argent dans votre portefeuille[1]. » Et le jeune notaire souriait.

« Ne vous inquiétez de rien, beau-papa, j'ai l'habitude de ces choses-là. Vous comprenez que, dans ma profession, il m'arrive quelquefois d'avoir près d'un million sur moi. De cette façon, au moins, nous évitons un tas de formalités et un tas de retards. Ne vous inquiétez de rien. »

L'employé criait :

« Les voyageurs pour Paris en voiture ! »

Ils se précipitèrent dans un wagon où se trouvaient deux vieilles dames.

Lebrument murmura à l'oreille de sa femme :

« C'est ennuyeux, je ne pourrai pas fumer. »

Elle répondit tout bas :

« Moi aussi, ça m'ennuie bien, mais ça n'est pas à cause de ton cigare. »

Le train siffla et partit. Le trajet dura une heure, pendant laquelle ils ne dirent pas grand-chose, car les deux vieilles femmes ne dormaient point.

Dès qu'ils furent dans la cour de la gare Saint-Lazare, maître Lebrument dit à sa femme :

« Si tu veux, ma chérie, nous allons d'abord déjeuner au boulevard, puis nous reviendrons tranquillement chercher notre malle pour la porter à l'hôtel. »

1. Sacoche.

Elle y consentit tout de suite.

« Oh oui, allons déjeuner au restaurant. Est-ce loin ? »

Il reprit :

« Oui, un peu loin, mais nous allons prendre l'omnibus[1]. »

Elle s'étonna :

« Pourquoi ne prenons-nous pas un fiacre[2] ? »

Il se mit à la gronder en souriant :

« C'est comme ça que tu es économe, un fiacre pour cinq minutes de route, six sous par minute, tu ne te priverais de rien.

– C'est vrai », dit-elle, un peu confuse.

Un gros omnibus passait, au trot des trois chevaux. Lebrument cria :

« Conducteur ! eh ! conducteur ! »

La lourde voiture s'arrêta. Et le jeune notaire, poussant sa femme, lui dit, très vite :

« Monte dans l'intérieur, moi je grimpe dessus pour fumer au moins une cigarette avant mon déjeuner. »

Elle n'eut pas le temps de répondre ; le conducteur, qui l'avait saisie par le bras pour l'aider à escalader le marchepied, la précipita dans sa voiture, et elle tomba, effarée[3], sur une banquette, regardant avec stupeur, par la vitre de derrière, les pieds de son mari qui grimpait sur l'impériale[4].

Et elle demeura immobile entre un gros monsieur qui sentait la pipe et une vieille femme qui sentait le chien.

Tous les autres voyageurs, alignés et muets, – un garçon épicier, une ouvrière, un sergent d'infanterie[5], un

1. Voiture de transport en commun.
2. Voiture à cheval qu'on pouvait louer pour aller quelque part. Ancêtre du taxi.
3. Effrayée.
4. Étage supérieur de l'omnibus.
5. Soldat combattant à pied.

monsieur à lunettes d'or coiffé d'un chapeau de soie aux bords énormes et relevés comme des gouttières, deux dames à l'air important et grincheux, qui semblaient dire par leur attitude : « Nous sommes ici, mais nous valons mieux que ça », deux bonnes sœurs, une fille en cheveux[6] et un croque-mort[7] –, avaient l'air d'une collection de caricatures, d'un musée des grotesques, d'une série de charges[8] de la face humaine, semblables à ces rangées de pantins comiques qu'on abat, dans les foires, avec des balles.

Les cahots[9] de la voiture ballottaient un peu leurs têtes, les secouaient, faisaient trembloter la peau flasque[10] des joues ; et, la trépidation des roues les abrutissant, ils semblaient idiots et endormis.

La jeune femme demeurait inerte :

« Pourquoi n'est-il pas venu avec moi ? » se disait-elle. Une tristesse vague l'oppressait. Il aurait bien pu, vraiment, se priver de cette cigarette.

Les bonnes sœurs firent signe d'arrêter, puis elles sortirent l'une devant l'autre, répandant une odeur fade de vieille jupe.

On repartit, puis on s'arrêta de nouveau. Et une cuisinière monta, rouge, essoufflée. Elle s'assit et posa sur ses genoux son panier aux provisions. Une forte senteur d'eau de vaisselle se répandit dans l'omnibus.

« C'est plus loin que je n'aurais cru », pensait Jeanne.

Le croque-mort s'en alla et fut remplacé par un cocher qui fleurait[11] l'écurie. La fille en cheveux eut pour successeur un commissionnaire[12] dont les pieds exhalaient[13] le parfum de ses courses.

Les grotesques

Au sens propre, ce sont des ornements fantastiques découverts aux XVe et XVIe siècles dans les ruines des monuments antiques, appelées *grottes*. Le mot est employé ici au sens de figures caricaturales.

6. Sans chapeau, ce qui était inconvenant pour sortir dans la rue au XIXe siècle.
7. Employé chargé du transport des morts au cimetière.
8. Caricatures.
9. Secousses.
10. Molle.
11. Sentait.
12. Coursier.
13. Répandaient.

La notairesse se sentait mal à l'aise, écœurée, prête à pleurer sans savoir pourquoi.

D'autres personnes descendirent, d'autres montèrent. L'omnibus allait toujours par les interminables rues, s'arrêtait aux stations, se remettait en route.

« Comme c'est loin ! se disait Jeanne. Pourvu qu'il n'ait pas eu une distraction[1], qu'il ne soit pas endormi ! Il s'est bien fatigué depuis quelques jours. »

Peu à peu tous les voyageurs s'en allaient. Elle resta seule, toute seule. Le conducteur cria :

« Vaugirard ! »

Comme elle ne bougeait point, il répéta :

« Vaugirard ! »

Elle le regarda, comprenant que ce mot s'adressait à elle, puisqu'elle n'avait plus de voisins. L'homme dit, pour la troisième fois :

« Vaugirard ! »

Alors elle demanda :

« Où sommes-nous ? »

Il répondit d'un ton bourru[2] :

« Nous sommes à Vaugirard, parbleu, voilà vingt fois que je le crie.

– Est-ce loin du boulevard ? dit-elle.

– Quel boulevard ?

– Mais le boulevard des Italiens.

– Il y a beau temps qu'il est passé !

– Ah ! Voulez-vous bien prévenir mon mari ?

– Votre mari ? Où ça ?

– Mais sur l'impériale.

1. Un moment d'inattention.
2. Peu aimable.

– Sur l'impériale ! v'là longtemps qu'il n'y a plus personne. »

Elle eut un geste de terreur.

« Comment ça ? Ce n'est pas possible. Il est monté avec moi. Regardez bien ; il doit y être ! »

Le conducteur devenait grossier :

« Allons, la p'tite, assez causé, un homme de perdu, dix de retrouvés. Décanillez[3], c'est fini. Vous en trouverez un autre dans la rue. »

Des larmes lui montaient aux yeux, elle insista :

« Mais, Monsieur, vous vous trompez, je vous assure que vous vous trompez. Il avait un gros portefeuille sous le bras. »

L'employé se mit à rire :

« Un gros portefeuille. Ah ! oui, il est descendu à la Madeleine. C'est égal, il vous a bien lâchée, ah ! ah ! ah !... »

La voiture s'était arrêtée. Elle en sortit, et regarda, malgré elle, d'un mouvement instinctif de l'œil, sur le toit de l'omnibus. Il était totalement désert.

Alors elle se mit à pleurer et tout haut, sans songer qu'on l'écoutait et qu'on la regardait, elle prononça :

« Qu'est-ce que je vais devenir ? »

L'inspecteur du bureau[4] s'approcha :

« Qu'y a-t-il ? »

Le conducteur répondit d'un ton goguenard[5].

« C'est une dame que son époux a lâchée en route. »

L'autre reprit :

« Bon, ce n'est rien, occupez-vous de votre service. »

Et il tourna les talons.

3. Fichez le camp.
4. Contrôleur.
5. Moqueur.

Alors, elle se mit à marcher devant elle, trop effarée, trop affolée pour comprendre même ce qui lui arrivait. Où allait-elle aller ? Qu'allait-elle faire ? Que lui était-il arrivé à lui ? D'où venaient une pareille erreur, un pareil oubli, une pareille méprise[1], une si incroyable distraction ?

Elle avait deux francs dans sa poche. À qui s'adresser ? Et, tout d'un coup, le souvenir lui vint de son cousin Barral, sous-chef de bureau à la marine[2].

Elle possédait juste de quoi payer la course du fiacre ; elle se fit conduire chez lui. Et elle le rencontra comme il partait pour son ministère. Il portait, ainsi que Lebrument, un gros portefeuille sous le bras.

Elle s'élança de sa voiture.

« Henry ! » cria-t-elle.

Il s'arrêta, stupéfait :

« Jeanne ?... ici ?... toute seule ?... Que faites-vous, d'où venez-vous ? »

Elle balbutia, les yeux pleins de larmes.

« Mon mari s'est perdu tout à l'heure.

– Perdu, où ça ?

– Sur un omnibus.

– Sur un omnibus ?... Oh !... »

Et elle lui conta en pleurant son aventure.

Il l'écoutait, réfléchissant. Il demanda :

« Ce matin, il avait la tête bien calme ?

– Oui.

– Bon. Avait-il beaucoup d'argent sur lui ?

– Oui, il portait ma dot.

– Votre dot ?... tout entière ?

Ci-contre : Illustration de Osvaldo Tofani pour *La Dot*, 1906.

1. Erreur.
2. Au ministère de la Marine.

– Tout entière… pour payer son étude tantôt.

– Eh bien, ma chère cousine, votre mari, à l'heure qu'il est, doit filer sur la Belgique. »

Elle ne comprenait pas encore. Elle bégayait.

« … Mon mari… vous dites ?…

– Je dis qu'il a raflé votre… votre capital[1]… et voilà tout. »

Elle restait debout, suffoquée[2], murmurant :

« Alors c'est… c'est… c'est un misérable !… »

Puis, défaillant d'émotion, elle tomba sur le gilet de son cousin, en sanglotant.

Comme on s'arrêtait pour les regarder, il la poussa tout doucement, sous l'entrée de sa maison, et, la soutenant par la taille, il lui fit monter son escalier, et comme sa bonne interdite[3] ouvrait la porte, il commanda :

« Sophie, courez au restaurant chercher un déjeuner pour deux personnes. Je n'irai pas au ministère aujourd'hui. »

1. Fortune.
2. Le souffle coupé.
3. Très surprise.

Pause lecture 4

Un beau couple ?

Avez-vous bien lu ?

Lorsqu'il se marie, Simon Lebrument a surtout besoin...

❏ d'amour ?

❏ d'argent ?

❏ de considération ?

Un couple apparemment assorti

1 « On admira fort les mariés » (l. 16). Qui est désigné par le pronom indéfini « on » ?

2 Pourquoi une telle admiration ? Vous paraît-elle justifiée ?

3 Comment se manifeste l'harmonie entre les deux jeunes gens (l. 20 à 37) ? Sur quoi repose-t-elle ?

Les bases d'une escroquerie

4 Quelle est la première information donnée sur Mlle Jeanne Cordier ? Qu'apprend-on ensuite sur ce personnage ? Commentez l'ordre dans lequel ces éléments sont fournis.

5 La relation entre les jeunes mariés vous semble-t-elle équilibrée ? Pourquoi ?

Un voyage qui tourne mal

Avez-vous bien lu ?

Pourquoi Simon est-il monté sur l'impériale de l'omnibus ?

- ❏ Pour prendre l'air.
- ❏ Pour fumer une cigarette.
- ❏ Pour être seul.

Des préparatifs suspects

1 Pourquoi le couple va-t-il à Paris ? Qui énonce les deux buts de ce voyage ? Dans quel ordre ? Pourquoi ?

2 À laquelle des deux raisons évoquées Jeanne accorde-t-elle de l'attention ?

La course en omnibus

3 Montrez que la raison avouée par Simon pour monter sur l'impériale est à la fois vraisemblable et suspecte. Reportez-vous au voyage en train.

4 Étudiez les pensées de Jeanne pendant le trajet. « Il aurait bien pu, vraiment, se priver de cette cigarette » (l. 130-131) : quelle forme de discours est utilisée ici ? Quel est l'effet produit ?

Terminus !

5 Quels personnages révèlent à Jeanne son infortune ? En quels termes ? Quel est l'effet produit ?

6 Le personnage de Jeanne inspire-t-il de la pitié ? Pourquoi ? Comment peut-on interpréter la chute de la nouvelle (l. 236 à 250) ?

Une satire de la société

Avez-vous bien lu ?

Quelle est la réaction du conducteur devant la détresse de Jeanne ?

❏ Il est amusé.

❏ Il se met en colère.

❏ Il la plaint.

Une galerie de portraits sociaux

1 Dressez la liste des voyageurs de l'omnibus. Relevez les termes qui désignent l'ensemble des voyageurs (l. 112 à 148) ? Quelle vision de la société est donnée ici ?

2 Relevez tous les indices d'oralité dans les propos du conducteur de l'omnibus. À quel registre de langue appartiennent-ils ? Pourquoi ?

Des préoccupations matérielles

3 Quelle préoccupation partagent Simon et son beau-père ? Quel est le point commun entre Simon et le cousin de Jeanne ?

4 Que représente l'amour pour Simon ? pour Jeanne ? Est-il pour eux un sentiment romantique ?

5 Qu'ont en commun les réactions du conducteur de l'omnibus et du cousin de Jeanne ? Qui prend l'amour au sérieux dans la société mise en scène ?

Vers l'expression

Vocabulaire

1. Des lignes 20 à 25, le verbe *savoir* est utilisé deux fois : « ayant su apporter... », « il sut... ». Supprimez ce verbe et comparez le sens de la phrase obtenue avec celle de Maupassant. Qu'en déduisez-vous ?

2. Des lignes 136 à 143, relevez les mots et expression appartenant au champ lexical de l'odorat. Commentez l'emploi du mot *parfum* (l. 143).

3. « une pareille erreur, un pareil oubli, une pareille méprise » (l. 206-207) : expliquez le sens de *pareil* dans ce passage. Puis utilisez ce mot dans une phrase où il aura un autre sens.

À vous de jouer

Écrivez et jouez une scène

Jeanne et son cousin se remettent de leurs émotions autour d'un bon repas : le déjeuner livré par le restaurant est vraiment délicieux ! Écrivez les rôles des deux personnages et jouez cette scène.

Écrivez un texte argumentatif

Laquelle des quatre nouvelles avez-vous préférée ? Expliquez votre point de vue en appuyant votre réflexion sur le rôle que joue l'argent dans ces récits du XIXe siècle. La situation a-t-elle changé, selon vous, au XXIe siècle ?

Du texte à l'image

Observez la gravure → voir dossier images p. IV

Un mariage de convenance, Henry Monnier, XIXe siècle.

1. Qui sont les personnages représentés ?
   Décrivez précisément leur attitude et leurs positions respectives.
   Quel est le personnage central ? Interprétez.
2. Commentez la présence du paravent.
   Les personnages sont-ils devant ou derrière ? Quel thème est ainsi introduit ?
3. Comment peut-on comprendre le titre ?
4. Un tel mariage est-il à l'image de celui de Jeanne ?

Vers le brevet

Au brevet,
l'épreuve de français est sur 40 points.
Première partie
Questions : 15 points
Réécriture : 5 points
Deuxième partie
Rédaction : 15 points
Dictée : 5 points

La Partie de trictrac, p. 19-20, l. 126 à 172

Questions (15 points)

1. Un récit (6 points)

1 Quels sont les deux temps du passé les plus utilisés dans ce passage ? Précisez la valeur de chacun d'eux. (2 points)

2 « On nous reproche » (l. 128), « je me souviens » (l. 135) : quelle est la valeur de chacun de ces présents ? (2 points)

2. Le monde du théâtre (5 points)

3 Relevez cinq termes appartenant au champ lexical du théâtre. Pourquoi est-il dominant dans ce passage ? (2 points)

4 Relevez une comparaison dans le deuxième paragraphe. Qu'annonce-t-elle ? (2 points)

5 Comment se marque la progression du désespoir chez Roger ? (1 point)

6 En quoi Gabrielle et Roger se ressemblent-ils ? (2 points)

3. Un narrateur impliqué (4 points)

7 **a.** Qui dit « je » (l. 135) ?
Aidez-vous de ce que vous a appris la lecture de la nouvelle. (1 point)
b. « Nous découvrîmes » (l. 164) : qui désigne le « nous » ?
Quels indices vous permettent de répondre ? (1 point)

8 Par quel terme le narrateur désigne-t-il Roger ?
Quel regard porte-t-il sur sa conduite avec Gabrielle ? (2 points)

Réécriture (5 points)

a. « Les premières lui furent renvoyées sans être décachetées » (l. 161-162) : réécrivez la phrase à la voix active. (2 points)

b. Réécrivez le passage : « Tant que Gabrielle [...] par un ouragan des tropiques » (l. 141 à 147) en remplaçant « Gabrielle » par « je ». (3 points)

Rédaction (15 points)

Sujet d'imagination

Écrivez une lettre que Roger adresse à Gabrielle : il regrette son geste, demande son pardon et déclare son amour passionné. Vous utiliserez des hyperboles (des exagérations) et un langage imagé.

Sujet de réfléxion

L'argent fait-il le bonheur ? Vous présenterez votre point de vue dans un devoir illustré par des exemples pris dans votre expérience personnelle et dans vos lectures.

Après la lecture

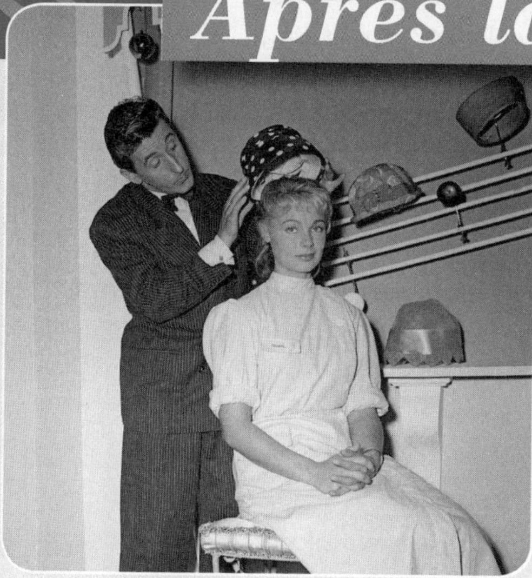

Genre

La nouvelle réaliste

Thème

L'argent

La nouvelle réaliste

◆ À l'origine

Le mot *nouvelle* vient de l'italien *novella*, signifiant « récit imaginaire ». Au XIVe siècle, l'italien Boccace écrit le *Décaméron*, recueil de nouvelles mettant en scène dix personnages qui se retrouvent dans une maison pendant la peste de Florence. Pendant dix jours, ils ne peuvent sortir de crainte d'être contaminés et chacun raconte une histoire par jour.

◆ Petite histoire de la nouvelle

En français, le terme désigne un récit bref de quelques pages : la brièveté distingue la nouvelle du roman. Jusqu'au XIXe siècle, la nouvelle se confond souvent avec le conte mais elle finit par trouver sa spécificité : elle s'écarte du merveilleux et prend une nette orientation réaliste ou fantastique.

« La nouvelle est faite pour être lue d'un seul coup en une fois. »

Le XIXe siècle voit l'essor du genre et tous les grands romanciers écriront des nouvelles, souvent publiées dans les journaux. Au XXe siècle, elles touchent un large public grâce à des auteurs comme Buzzati, Borgès, Cortazar ou Bradbury.

◆ Les caractéristiques du genre

« La nouvelle [...] est faite pour être lue d'un coup, en une fois », écrit André Gide. Elle est en effet construite sur le resserrement du temps, de l'espace, des personnages et de l'intrigue.

La durée de l'action est généralement courte : le dialogue entre Virginie et Paul dure quelques minutes, l'histoire de Roger, quelques semaines. Lorsque le temps s'étire, les ellipses narratives rythment le texte (« Ils passèrent trois mois ensemble », *La Partie de trictrac*). Les personnages sont saisis dans un moment important de leur vie, ce qui dramatise le récit : un mariage, une tricherie infamante, une rencontre imprévue... Ils sont peu nombreux (deux amis et une actrice, un jeune couple...).

L'espace est parfois clos (la salle où Roger joue la fatale partie de trictrac) ou fait office de piège (l'omnibus pour Jeanne dans *La Dot*).

La nouvelle est enfin centrée sur une seule intrigue dont les éléments sont dénoués dans une chute, une fin inattendue et brutale : l'insouciance des deux grisettes, l'abandon de Jeanne...

◆ La représentation sociale

Liée à la presse, la nouvelle réaliste au XIXe siècle puise son inspiration dans les faits divers et l'observation de la société. À l'image de Balzac ou de Zola, l'artiste se veut témoin de son temps. Tout est digne d'écriture. Les milieux populaires seront représentés dans une littérature qui prétend à l'objectivité.

Le milieu social explique la psychologie du personnage : la grisette est insouciante, le marin joue, le bourgeois compte...

« *Une fin inattendue et brutale.* »

Les romanciers voient dans ce parti pris réaliste un engagement personnel : « Le réaliste, s'il est un artiste, cherchera, non pas à nous donner une photographie banale de la vie, mais à nous en donner une vision plus complète, plus saisissante, [...] que la réalité même », explique Maupassant, maître du genre. C'est dans ce regard porté sur la modernité, tour à tour amusé, ironique, mélancolique et toujours vif qu'il faut chercher la véritable force de la nouvelle réaliste. ■

L'argent

◆ Une réalité et un fantasme

L'argent désigne à l'origine un métal précieux, puis toute forme de monnaie servant aux échanges économiques. Il permet d'acquérir des marchandises et des services dont il exprime la valeur. L'argent est donc un simple instrument dépourvu de valeur en soi, mais c'est précisément parce qu'il n'est qu'un moyen qu'il est aussi un aliment puissant de notre imagination : l'argent fascine.

Le terme évoque la richesse et le bonheur, mais aussi la perdition. Le motif du trésor qui récompense le héros est au cœur des contes populaires (d'*Ali Baba* au *Petit Poucet*) : l'argent représente ici la source de vie à laquelle étancher la soif de ses besoins. Mais il incarne aussi le danger de la démesure. Le poète latin Ovide raconte la légende de Midas, roi mythique de Phrygie, aveuglé par la cupidité au point de souhaiter que tout ce qu'il touche se transforme en or. Exauçant son vœu, les dieux le confrontent à sa folie : les aliments qu'il porte à sa bouche, devenus de l'or, ne peuvent plus le nourrir, et il perdrait la vie si le sort n'était pas levé. Moralité : l'amour de l'argent pour lui-même conduit l'homme à sa perte.

« L'argent fascine. »

◆ Entre conservatisme et progrès

Dans la société française, l'argent fait rarement l'objet des conversations : l'intérêt pour l'argent semble une préoccupation vulgaire. À l'opposé des valeurs aristocratiques d'honneur et de largesse, l'argent appartient à l'univers bourgeois des « marchands », matérialistes et calculateurs. Cette vision des choses s'inscrit dans la tradition chrétienne : la Bible sanctifie les pauvres, à qui elle promet le paradis.

Cependant, l'argent est réhabilité au XVIIIe siècle. Alors que le commerce et les activités économiques sont en plein essor, le souci de s'enrichir par son travail apparaît légitime. L'argent est considéré comme un facteur décisif du progrès humain, ce qui procure à l'individu liberté et dignité. De fait, les hiérarchies se redessinent, l'enrichissement de la bourgeoisie conduit à l'affaissement de l'ordre ancien et des privilèges : de la Révolution sort une société où le mérite personnel s'exprime dans la position sociale, où désormais la valeur se définit par l'avoir.

◆ Un pouvoir et une responsabilité

Le XIXe siècle marque le triomphe définitif de la bourgeoisie et de ses valeurs : dans le contexte du capitalisme naissant, l'industrialisation favorise les investissements ; banques et bourses se développent, encourageant la spéculation et les « audacieux » qui prospèrent… ou font faillite ! Des crises d'un type nouveau ébranlent l'économie : fluctuation du cours des actions en Bourse, krach, faillites, chômage… Du coup, un cruel démenti est porté aux théories optimistes de l'argent civilisateur : les inégalités explosent, l'exploitation de l'homme par l'homme prend des formes de plus en plus inhumaines. Bref, la libre circulation de l'argent n'a pas engendré le bonheur des peuples mais le culte de l'Argent-roi, détaché de toute préoccupation morale. Réponse politique à ces dérives, dès les années 1850, les philosophies « de gauche », comme le marxisme, soulignent la nécessité de limiter l'accumulation du capital financier, notamment par des mécanismes de redistribution.

> ***« Le XIXe siècle ou le triomphe de la bourgeoisie »***

Ces questions sont toujours d'actualité. L'argent est à la fois un merveilleux moyen d'action sur le monde et un objet magique, susceptible d'ensorceler les hommes et de les rendre fous ; la meilleure ou la pire des choses, selon l'usage qui en est fait. Les responsabilités qu'il donne sont à hauteur des pouvoirs qu'il procure. ■

Au petit bar des midinettes, illustration d'Armand Vallée, 1932.

Autre lecture

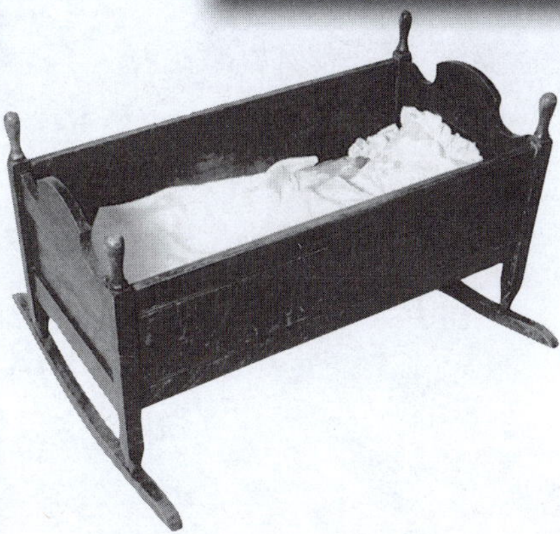

Guy de Maupassant

Un million

1882

texte intégral

Découvrez une autre nouvelle réaliste de Maupassant où il est encore question d'argent...

Un million

C'ÉTAIT UN MODESTE MÉNAGE D'EMPLOYÉS. Le mari, commis[1] de ministère, correct et méticuleux[2], accomplissait strictement son devoir. Il s'appelait Léopold Bonnin. C'était un petit jeune homme qui pensait en tout ce qu'on devait penser. Élevé religieusement, il devenait moins croyant depuis que la République tendait à la séparation de l'Église et de l'État[3]. Il disait bien haut, dans les corridors[4] de son ministère : « Je suis religieux, très religieux même, mais religieux à Dieu ; je ne suis pas clérical[5]. » Il avait avant tout la prétention d'être un honnête homme, et il le proclamait en se frappant la poitrine. Il était, en effet, un honnête homme dans le sens le plus terre à terre du mot. Il venait à l'heure, partait à l'heure, ne flânait guère, et se montrait toujours fort droit sur la « question d'argent ». Il avait épousé la fille d'un collègue pauvre, mais dont la sœur était riche d'un million, ayant été épousée par amour. Elle n'avait pas eu d'enfants, d'où une désolation pour elle, et ne pouvait laisser son bien, par conséquent, qu'à sa nièce.

Cet héritage était la pensée de la famille. Il planait sur la maison, planait sur le ministère tout entier ; on savait que « les Bonnin auraient un million ».

Les jeunes gens non plus n'avaient pas d'enfants, mais ils n'y tenaient guère, vivant tranquilles en leur étroite et placide[6] honnêteté. Leur appartement était propre, rangé, dormant[7], car ils étaient calmes et modérés en tout ; et ils pensaient qu'un enfant troublerait

Ci-contre :
Repas à la fin du XIXe siècle, gravure.

1. Employé.
2. Soigneux.
3. La « Loi de 1905 » établira la séparation de l'Église et de l'État.
4. Couloirs.
5. Je n'aime pas les prêtres.
6. Tranquille.
7. Triste, terne.

leur vie, leur intérieur, leur repos. Ils ne se seraient pas efforcés de rester sans descendance ; mais puisque le Ciel ne leur en avait point envoyé, tant mieux. La tante au million se désolait de leur stérilité et leur donnait des conseils pour la faire cesser. Elle avait essayé autrefois, sans succès, de mille pratiques révélées par des amis ou des chiromanciennes[1] ; depuis qu'elle n'était plus en âge de procréer, on lui avait indiqué mille autres moyens qu'elle supposait infaillibles[2], en se désolant de n'en pouvoir faire l'expérience, mais elle s'acharnait à les découvrir à ses neveux, et leur répétait à tout moment :

« Eh bien, avez-vous essayé ce que je vous recommandais l'autre jour ? »

Elle mourut. Ce fut dans le cœur des deux jeunes gens une de ces joies secrètes qu'on voile de deuil vis-à-vis de soi-même et vis-à-vis des autres. La conscience se drape de noir, mais l'âme frémit d'allégresse[3].

Ils furent avisés qu'un testament était déposé chez un notaire. Ils y coururent à la sortie de l'église.

La tante, fidèle à l'idée fixe de toute sa vie, laissait son million à leur premier-né, avec la jouissance[4] de la rente[5] aux parents jusqu'à leur mort. Si le jeune ménage n'avait pas d'héritier avant trois ans, cette fortune irait aux pauvres.

Ils furent stupéfaits, atterrés. Le mari tomba malade et demeura huit jours sans retourner au bureau. Puis, quand il fut rétabli, il se promit avec énergie d'être père.

Pendant six mois, il s'y acharna jusqu'à n'être plus que l'ombre de lui-même. Il se rappelait maintenant tous les moyens de la tante et les mettait en œuvre

1. Voyantes.
2. Sûrs.
3. D'une grande joie.
4. L'usage.
5. Des intérêts.

consciencieusement, mais en vain. Sa volonté désespérée lui donnait une force factice[6] qui faillit lui devenir fatale. L'anémie[7] le minait ; on craignait la phtisie[8]. Un médecin consulté l'épouvanta et le fit rentrer dans son existence paisible, plus paisible même qu'autrefois, avec un régime réconfortant.

Des bruits gais couraient au ministère ; on savait la désillusion du testament et on plaisantait dans toutes les divisions[9] sur ce fameux « coup du million ». Les uns donnaient à Bonnin des conseils plaisants ; d'autres s'offraient avec outrecuidance[10] pour remplir la clause[11] désespérante. Un grand garçon surtout, qui passait pour un viveur[12] terrible, et dont les bonnes fortunes[13] étaient célèbres par les bureaux, le harcelait d'allusions, de mots grivois[14], se faisant fort[15], disait-il, de le faire hériter en vingt minutes. Léopold Bonnin, un jour, se fâcha, et, se levant brusquement avec sa plume derrière l'oreille, lui jeta cette injure :

« Monsieur, vous êtes un infâme[16] ; si je ne me respectais, je vous cracherais au visage. »

Des témoins[17] furent envoyés, ce qui mit tout le ministère en émoi pendant trois jours. On ne rencontrait qu'eux dans les couloirs, se communiquant des procès-verbaux[18], et des points de vue sur l'affaire. Une rédaction[19] fut enfin adoptée à l'unanimité par les quatre délégués et acceptée par les deux intéressés, qui échangèrent gravement un salut et une poignée de main devant le chef de bureau, en balbutiant[20] quelques paroles d'excuse.

Pendant le mois qui suivit, ils se saluèrent avec une cérémonie voulue et un empressement[21] bien élevé,

6. Fausse.
7. La faiblesse.
8. Tuberculose pulmonaire (maladie grave).
9. Services.
10. Orgueil.
11. Condition.
12. Fêtard.
13. Conquêtes féminines.
14. Osés.
15. Se vantant.
16. Un être ignoble.
17. Des témoins pour le duel qui se prépare.
18. Rapports.
19. Un accord écrit.
20. Bredouillant.
21. Une amabilité.

comme des adversaires qui se sont trouvés face à face. Puis un jour, s'étant heurtés au tournant d'un couloir, M. Bonnin demanda avec un empressement digne :

« Je ne vous ai point fait mal, monsieur ? »

L'autre répondit :

« Nullement, monsieur. »

Depuis ce moment, ils crurent convenable d'échanger quelques paroles en se rencontrant. Puis, ils devinrent peu à peu plus familiers ; ils prirent l'habitude l'un de l'autre, se comprirent, s'estimèrent en gens qui s'étaient méconnus, et devinrent inséparables.

Mais Léopold était malheureux dans son ménage. Sa femme le harcelait d'allusions désobligeantes[1], le martyrisait de sous-entendus. Et le temps passait ; un an déjà s'était écoulé depuis la mort de la tante. L'héritage semblait perdu.

Mme Bonnin, en se mettant à table, disait :

« Nous avons peu de choses pour le dîner ; il en serait autrement si nous étions riches. »

Quand Léopold partait pour le bureau, Mme Bonnin, en lui donnant sa canne, disait :

« Si nous avions cinquante mille livres de rente, tu n'aurais pas besoin d'aller trimer[2] là-bas, monsieur le gratte-papier[3]. »

Quand Mme Bonnin allait sortir par les jours de pluie, elle murmurait :

« Si on avait une voiture, on ne serait pas forcé de se crotter[4] par des temps pareils. »

1. Vexantes.
2. Peiner.
3. Mot péjoratif pour désigner un employé de bureau.
4. Se salir.

Enfin, à toute heure, en toute occasion, elle semblait reprocher à son mari quelque chose de honteux, le rendant seul coupable, seul responsable de la perte de cette fortune.

Exaspéré[5], il finit par l'emmener chez un grand médecin qui, après une longue consultation, ne se prononça pas ; déclarant qu'il ne voyait rien ; que le cas se présentait assez fréquemment ; qu'il en est des corps comme des esprits ; qu'après avoir vu tant de ménages disjoints[6] par incompatibilité d'humeur, il n'était pas étonnant d'en voir d'autres stériles par incompatibilité physique. Cela coûta quarante francs.

Un an s'écoula, la guerre était déclarée, une guerre incessante, acharnée, entre les deux époux, une sorte de haine épouvantable. Et Mme Bonnin ne cessait de répéter :

« Est-ce malheureux, de perdre une fortune parce qu'on a épousé un imbécile ! » ou bien :

« Dire que si j'étais tombée sur un autre homme, j'aurais aujourd'hui cinquante mille livres de rente ! » ou bien :

« Il y a des gens qui sont toujours gênants dans la vie. Ils gâtent tout. »

Les dîners, les soirées surtout devenaient intolérables. Ne sachant plus que faire, Léopold, un soir, craignant une scène horrible au logis, amena son ami, Frédéric Morel, avec qui il avait failli se battre en duel. Morel fut bientôt l'ami de la maison, le conseiller écouté des deux époux.

Il ne restait plus que six mois avant l'expiration du dernier délai donnant aux pauvres le million ; et peu à

5. Rendu furieux.
6. Séparés.

peu Léopold changeait d'allures vis-à-vis de sa femme, devenait lui-même agressif, la piquait souvent par des insinuations[1] obscures, parlait d'une façon mystérieuse de femmes d'employés qui avaient su faire la situation[2] de leur mari.

De temps en temps, il racontait quelque histoire d'avancements surprenants tombés sur un commis. « Le petit Ravinot, qui était surnuméraire[3] voici cinq ans, vient d'être nommé sous-chef. »

Mme Bonnin prononçait :

« Ce n'est pas toi qui saurais en faire autant. »

Alors Léopold haussait les épaules. « Avec ça qu'il en a fait plus qu'un autre[4]. Il a une femme intelligente, voilà tout. Elle a su plaire au chef de division, et elle obtient tout ce qu'elle veut. Dans la vie il faut savoir s'arranger pour n'être pas dupé[5] par les circonstances. »

Que voulait-il dire au juste ? Que comprit-elle ? Que se passa-t-il ?

Ils avaient chacun un calendrier, et marquaient les jours qui les séparaient du terme fatal ; et chaque semaine ils sentaient une folie les envahir, une rage désespérée, une exaspération éperdue[6] avec un tel désespoir qu'ils devenaient capables d'un crime s'il avait fallu le commettre.

Et voilà qu'un matin, Mme Bonnin dont les yeux luisaient et dont toute la figure semblait radieuse, posa ses deux mains sur les épaules de son mari, et, le regardant jusqu'à l'âme, d'un regard fixe et joyeux, elle dit, tout bas :

« Je crois que je suis enceinte. »

1. Sous-entendus.
2. Contribuer à l'avancement professionnel.
3. Employé de grade inférieur.
4. Il ne le mérite pas plus qu'un autre.
5. Trompé.
6. Folle.

Il eut une telle secousse au cœur qu'il faillit tomber à la renverse; et brusquement il saisit sa femme dans ses bras, l'embrassa éperdument[7], l'assit sur ses genoux, l'étreignit encore comme une enfant adorée, et, succombant à l'émotion, il pleura, il sanglota.

Deux mois après il n'avait plus de doutes. Il la conduisit alors chez un médecin pour faire constater son état, et porta le certificat obtenu chez le notaire dépositaire du testament.

L'homme de loi déclara que, du moment que l'enfant existait, né ou à naître, il s'inclinait; et qu'il surseoirait à[8] l'exécution jusqu'à la fin de la grossesse.

Un garçon naquit, qu'ils nommèrent Dieudonné[9], en souvenir de ce qui s'était pratiqué dans les maisons royales.

Ils furent riches.

Or, un soir, comme M. Bonnin rentrait chez lui où devait dîner son ami Frédéric Morel, sa femme lui dit d'un ton simple : « Je viens de prier notre ami Frédéric de ne plus mettre les pieds ici, il a été inconvenant[10] avec moi. »

Il la regarda une seconde avec un sourire reconnaissant dans l'œil, puis il ouvrit les bras : elle s'y jeta et ils s'embrassèrent longtemps, longtemps comme deux bons petits époux, bien tendres, bien unis, bien honnêtes.

Et il faut entendre Mme Bonnin parler des femmes qui ont failli[11] par amour, de celles qu'un grand élan du cœur a jetées dans l'adultère[12].

7. Avec passion.
8. Retarderait.
9. Littéralement : « donné par Dieu ».
10. Grossier.
11. Fauté.
12. Infidélité.

À lire

Des récits sur le thème de l'argent

Guy de Maupassant, « Aux champs », « Pierrot », *Les Contes de la bécasse*, 1883

Deux familles de paysans normands vivent dans la misère. Un jour pourtant, une occasion inespérée se présente, mais à quel prix ?

Pierrot est un bon chien et pourtant il se trouve en fâcheuse posture. Sa maîtresse, Madame Lefèvre, écoutera-t-elle son affection pour lui ou son avarice ?

Villiers de L'Isle-Adam, « Les Brigands », *Contes cruels*, 1883

Quand une joyeuse troupe de commerçants brave un danger imaginaire et se retrouve vraiment en péril...

Zola, *L'Argent*, 1891

Aristide Rougon, également appelé Saccard, un nom qui sonne comme un sac de pièces d'or, est prêt à tout pour monter une grande affaire : la Banque Universelle. Obsédé par l'argent, parviendra-t-il à créer son empire ?

Et d'autres récits réalistes

Honoré de Balzac, « La Bourse », *Scènes de la vie privée*, 1832

Le jeune peintre Hippolyte Schinner est amoureux de sa jolie voisine... et fort intrigué : qui reçoit-elle tous les soirs ? Il aperçoit deux vieux gentilshommes...

Gustave Flaubert, « Un cœur simple », *Trois Contes*, 1877

La vie de la servante Félicité, tendre et dévouée, s'écoule paisiblement. D'où vient sa sérénité ?

Guy de Maupassant, *Boule de suif*, 1880

En 1870, un petit groupe de voyageurs est bloqué dans une auberge par un officier prussien têtu et tout-puissant qui les empêche de repartir. Que veut-il ? Comment sortir de l'impasse ?

À voir

De nombreux romans du XIXe siècle adaptés à l'écran

➡ *Une partie de campagne*, Jean Renoir, 1946

Par une belle journée d'été de 1860, la famille Dufour se rend à la campagne : les parents, leur fille Henriette et son futur époux. Après le déjeuner, les hommes pêchent et les femmes font un tour en barque. Pourquoi Henriette est-elle si troublée ?

➡ *Madame Bovary*, Claude Chabrol, 1990

Emma est une jeune fille rêveuse et solitaire qui dévore les romans d'amour et s'ennuie jusqu'au jour où elle rencontre Charles Bovary, médecin venu soigner son père. Elle accepte de l'épouser, mais la réalité sera-t-elle à l'image de ses rêves ?

➡ *Germinal*, Claude Berri, 1993

Étienne Lantier découvre la misère des mineurs sous le second Empire. Il devient l'un d'eux et veut faire évoluer leurs conditions de vie. Réussira-t-il à faire changer la situation dans la mine ?

➡ *Bel-Ami*, téléfilm de Philippe Triboit, 2004

L'ascension sociale de Georges Duroy, jeune homme pauvre mais très ambitieux et très séduisant. De quelle manière parviendra-t-il à faire fortune ?

➡ *Le Père Goriot*, téléfilm de Jean-Daniel Verhaeghe, 2004

Ancien commerçant prospère, le père Goriot s'est peu à peu appauvri en distribuant tout son argent à ses deux filles, ingrates et égoïstes. Il rencontre un étudiant, Eugène de Rastignac, et un mystérieux personnage, Vautrin. Jusqu'où le mènera son adoration pour ses filles ?

Notes personnelles

Ces pages sont les vôtres :
vous pourrez y noter :
vos citations préférées de ces *Quatre nouvelles réalistes sur l'argent*, ce que vous pensez de tel ou tel personnage, le passage de l'œuvre qui vous a marqué, ce qui vous a surpris, plu, mais aussi déplu...

À vos plumes !

Notes personnelles

TABLE DES ILLUSTRATIONS

Conception graphique : Julie Lannes
Design de couverture : Denis Hoch
Recherche iconographique : Laurence Vacher
Illustrations (p. 14-46-98-112) : Buster Bone
Mise en page : ScienTech Livre
Correction : Sylvie Porté
Édition : Valérie Antoni
Fabrication : Marine Garguy

Ce livre est imprimé sur du papier issu de forêts gérées durablement.

N° édition : 10301152 - Dépôt légal : août 2019
Imprimé en France en avril 2024 par la Nouvelle Imprimerie Laballery - N° 404287

La Nouvelle Imprimerie Laballery est titulaire de la marque Imprim'Vert®

COLLÈGE

73. **Balzac**, *Adieu*
65. **Bédier**, *Tristan et Iseut*
74. **Chrétien de Troyes**, *Yvain, le Chevalier au lion*
51. **Courteline**, *Le gendarme est sans pitié*
38. **Dumas**, *Les Frères corses*
71. **Feydeau**, *Un fil à la patte*
67. **Gautier**, *La Morte amoureuse*
1. **Homère**, *L'Odyssée*
29. **Hugo**, *Le Dernier Jour d'un condamné*
2. **La Fontaine**, *Le Loup dans les Fables*
3. **Leprince de Beaumont**, *La Belle et la Bête*
10. **Maupassant**, *Boule de suif*
26. **Maupassant**, *La Folie dans les nouvelles fantastiques*
43. **Maupassant**, *Quatre nouvelles normandes* (anthologie)
62. **Mérimée**, *Carmen*
11. **Mérimée**, *La Vénus d'Ille*
68. **Molière**, *George Dandin*
7. **Molière**, *L'Avare*
76. **Molière**, *L'École des femmes*
23. **Molière**, *Le Bourgeois gentilhomme*
58. **Molière**, *Le Malade imaginaire*
70. **Molière**, *Le Médecin malgré lui*
52. **Molière**, *Le Sicilien*
36. **Molière**, *Les Fourberies de Scapin*
6. **Nicodème**, *Wiggins et le perroquet muet*
21. **Noguès**, *Le Faucon déniché*
59. **Perrault**, *Trois contes* (anthologie)
8. **Pouchkine**, *La Dame de pique*
39. **Rostand**, *Cyrano de Bergerac*
24. **Simenon**, *L'Affaire Saint-Fiacre*
9. **Stevenson**, *Le Cas étrange du Dr Jekyll et de M. Hyde*
54. **Tolstoï**, *Enfance*
61. **Verne**, *Un hivernage dans les glaces*
25. **Voltaire**, *Le Monde comme il va*
53. **Zola**, *Nantas*
42. **Zweig**, *Le Joueur d'échecs*
4. *La Farce du cuvier* (anonyme)
37. *Le Roman de Renart* (anonyme)
5. *Quatre fabliaux du Moyen Âge* (anthologie)
41. *Les Textes fondateurs* (anthologie)
22. *Trois contes sur la curiosité* (anthologie)
44. *Quatre contes de sorcières* (anthologie)
27. *Quatre nouvelles réalistes sur l'argent* (anthologie)
64. *Ali Baba et les quarante voleurs*

LYCÉE

33. **Balzac**, *Gobseck*
60. **Balzac**, *L'Auberge rouge*
47. **Balzac**, *La Duchesse de Langeais*
18. **Balzac**, *Le Chef-d'œuvre inconnu*
72. **Balzac**, *Pierre Grassou*
32. **Beaumarchais**, *Le Mariage de Figaro*
20. **Corneille**, *Le Cid*
78. **Corneille**, *Médée*
56. **Flaubert**, *Un cœur simple*
77. **Hugo**, *Les Contemplations : Pauca Meae*
49. **Hugo**, *Ruy Blas*
57. **Marivaux**, *Les Acteurs de bonne foi*
48. **Marivaux**, *L'Île des esclaves*
19. **Maupassant**, *La Maison Tellier*
69. **Maupassant**, *Une Partie de campagne*
55. **Molière**, *Amphitryon*
15. **Molière**, *Dom Juan*
79. **Molière**, *Le Misanthrope*
35. **Molière**, *Le Tartuffe*
63. **Musset**, *Les Caprices de Marianne*
14. **Musset**, *On ne badine pas avec l'amour*
46. **Racine**, *Andromaque*
66. **Racine**, *Britannicus*
30. **Racine**, *Phèdre*
13. **Rimbaud**, *Illuminations*
50. **Verlaine**, *Fêtes galantes, Romances sans paroles*
45. **Voltaire**, *Candide*
17. **Voltaire**, *Micromégas*
31. *L'Encyclopédie* (anthologie)
75. *L'Homme en débat au XVIIIe siècle* (anthologie)